皇帝の薬膳妃

赤椿と蒼き地の波瀾

尾道理子

角川文庫
23738

目次

用語解説と主な登場人物

伍堯國《ごぎょうこく》

麒麟の都を中央に置き、北に**玄武**、南に**朱雀**、東に**青龍**、西に**白虎**の五つの都を持つ五行思想の国。

四公《しこう》

東西南北それぞれの地を治める領主。重臣として国の政治中枢にも関わる。

玄武《げんぶ》……医術で栄える北の都。

- **董胡《とうこ》** 性別を偽り医師を目指す少女。「人の欲する味が五色の光で視える」という力を持つ。
- **鼓濤《ことう》** 董胡と同一人物。玄武の姫として皇帝に輿入れする。
- **卜殷《ぼくいん》** 小さな治療院を営む医師。董胡の親代わりであり師匠。
- **楊庵《ようあん》** 董胡の兄弟子。先輩医師の偵徳《ていとく》と共に、董胡を捜して王宮に潜入する。
- **玄武公 亀氏《きし》** 玄武の領主。絶大な財力で国の政治的実権をも握る。
- **濤麗《とうれい》** 董胡の母。故人。
- **王琳《おうりん》** 董胡の侍女頭。厳しいが有能。
- **茶民《ちゃみん》** 董胡の侍女。貯金が生き甲斐《がい》。
- **壇々《だんだん》** 董胡の侍女。食いしん坊。
- **尊武《そんぶ》** 玄武公の嫡男。不気味な存在。
- **雄武《ゆうぶ》** 玄武公の次男。麒麟寮で学んでいた。

麒麟《きりん》……皇帝の住まう中央の都。国の統治組織を備えた王宮を有する。また、天術を司る皇帝の血筋の者も「麒麟」と呼ばれる。

- **黎司《れいし》** 現皇帝。うつけの乱暴者と噂される。
- **翔司《しょうし》** 黎司の異母弟。粗暴とされる兄を憎む。
- **孝司《こうし》** 先帝で黎司と翔司の父。生前は玄武公の傀儡《かいらい》となっていた。
- **凰葉《おうは》** 黎司の母。故人。朱雀の血筋。

白虎《びゃっこ》……商術で栄える西の都。

- **白虎公 虎氏《こし》** 白虎の領主。玄武公と結託し、私腹を肥やす。

朱雀《すざく》……芸術で栄える南の都。

- **朱雀公 鳳氏《ほうし》** 妓楼を営み隠居生活をしていたが、兄が病に倒れたため、朱雀公に。
- **朱璃《しゅり》** 父の妓楼で芸団を楽しんでいたが、朱雀の姫として皇帝の后に。
- **禰古《ねこ》** 朱璃の侍女。朱璃のことが大好き。

青龍《せいりゅう》……武術で栄える東の都。

- **青龍公 龍氏《りゅうし》** 青龍の領主。色黒で武術に長け、計算高く腹黒い。
- **翠蓮《すいれん》** 青龍の一の后。色白でほっそりした美姫。
- **鱗々《りんりん》** 翠蓮の侍女頭。忠誠心に厚い。

序

医術を司《つかさど》る玄武《げんぶ》、武術を司る青龍《せいりゅう》、芸術を司る朱雀《すざく》、商術を司る白虎《びゃっこ》。

この四つの領地を、天術《てんじゅつ》を司る麒麟《きりん》の皇帝が治める国、伍尭國《ごぎょうこく》。

玄武の小さな治療院で育った董胡《とうこ》は、医術の一つである薬膳《やくぜん》師を目指して麒麟寮という医塾で勉強していた。そしてようやく医師の試験に合格したと思った矢先、行方不明だった玄武公の一の姫だと言われ、皇帝の后《きさき》として輿入《こしい》れさせられてしまう。

董胡は王宮脱出を目指して男装の薬膳師となって機会を狙っていたが、うつけと言われている皇帝が、幼き日に憧《あこが》れたレイシであると気付く。

敵だらけの王宮で孤軍奮闘するレイシを助けようと、董胡は正体を隠したまま王宮に残る決意をする。

朱雀の流行《はや》り病を終息させ、玄武の殉死制度の闇を暴き、青龍の后の病を快方に向かわせて、レイシのために活躍する董胡だったが、徐々に周りに正体を知られてしまう。

レイシに正体がばれる日を恐れつつも、彼の拒食《きょじき》だけは治してから王宮を去りたいと願う董胡。

朱雀の后、朱璃《しゅり》はすべてを知った上で董胡の理解者となってくれたものの、宿敵でもある玄武公の嫡男、尊武《そんぶ》にまで正体を知られてしまい苦境に立たされる。

尊武はそんな董胡を面白がって、皇帝には黙っていてやると言うが……。

弱みを握られた董胡は、またしても思いもかけない事態へと引きずり込まれようとしていた。

一、尊武の飲茶料理

玄武の一の后宮は朝から大騒ぎになっていた。

「急いで御座所《おましどころ》に厚畳《あつだたみ》を敷いて、床の間に飾る花を式部局《しきぶ》の園丁《えんてい》寮からもらっていらっしゃい。茶民《ちゃみん》は衣桁《いこう》に飾る着物と帯を用意して、壇々《だんだん》は香を焚《た》く準備をなさい」

王琳《おうりん》がてきぱきと指示を与えて、女嬬《めのわらわ》だけでなく茶民や壇々もせわしなく働いている。

しかし二人の侍女は忙しいながらも、少しうきうきとしていた。

「早く準備を済ませて、私も衣装を整えなくてはね。一番上等の着物にするわ」

「私だって。ああ、こんなことならもう少し痩《や》せておくのだったわ」

「壇々は痩せる痩せると言いながら、朝もしっかりおかわりしていたじゃないの」

「あら、茶民だっておかわりしていたわ」

「私は食べても太らない体質だもの」

「あーん。羨《うらや》ましい。ずるいわ、そんな体質」

二人はせっせと部屋を整えながら、いつものように言い合いをしていた。

王琳はやれやれとため息をつきながら、二人に厳しく指導する。

「ほら、二人とも口よりも手を動かしなさい。茶民、その色合わせはなんなのですか。衣桁にかける衣装の風情で、主人である姫君の真価が問われるのですよ。壇々、そんな単純な香ではお客様に呆《あき》れられてしまいますよ。薫物《たきもの》をもっと勉強なさい」

結局、王琳がほとんど手直しをして部屋を整えている。

「今日のお客様は、誰よりも難しいお方です。粗相のないようになさいませ」

王琳は不安を浮かべるものの、二人の侍女は目を輝かせる。

「玄武の黒水晶《くろすいしょう》の宮でも、嫡男の尊武様は風流な方だと有名でしたものね」

「あの華蘭《からん》様の恐ろしい侍女三人衆ですら、尊武様ほど粋を極めた方はいないと褒めちぎっておいででしたもの」

その尊武が鼓濤《ことう》の后宮で飲茶《やむちゃ》の時間を過ごすことになり、茶民と壇々は万が一にも見初められることもあり得ると、朝からそわそわしていた。

「尊武様の目に留まってしまったらどうしようかしら」

「尊武様はまだ妻子をお持ちではございませんものね」

「妻になったら将来の玄武公の正室かもしれないわ」

「きゃあああ。どうしましょう！」

王琳は到底あり得ない空想を巡らす二人に肩をすくめた。

「あなた達は、先日の鼓濤様と尊武様の会話を控えの間で聞いていたのでしょう？　あの恐ろしい方の妻になりたいのですか？」

少なくとも尊武は、鼓濤と董胡が同一人物だということを知ってしまった。

そして脅迫まがいの口調で、今日の飲茶接待も強引に決めてしまったのだ。

「あら、尊武様は鼓濤様の正体をお館《やかた》様にも皇帝にも内緒にして下さるとおっしゃっていたではないですか。鼓濤様のお味方でございましょう？」

「からかうような口調でしたけれど、弟君の雄武《ゆうぶ》様と同じように本当は鼓濤様を守ろうとなさって下さっているのですわ」

若く単純な二人は、尊武の言葉をそのままに受け取っているようだ。

しかし王琳はそれほど甘い相手ではないと思っている。

むしろ得体のしれない恐ろしさを感じて警戒していた。

「私の夫君の吐伯《とはく》様は生前に、ご嫡男の尊武様は涼やかな外見をしておられるけれど、お館様よりも冷酷なことをなさることがあるとおっしゃっていました。あまり信用しない方がよいですよ。もっと警戒なさい」

王琳は世間知らずで無防備な侍女二人が心配だった。

「そりゃあ、私だって吐伯様のような方がいらっしゃればそれが理想ですけれど」

「私から見れば貴族の男性はみんな冷酷なところがおありですわ」

「吐伯様のようにできた夫君なんていませんわ」

「そんなことを言っていては、どこにも嫁ぎ先が見つかりませんもの」

二人の侍女の言い分も一理ある。

伍尭國の貴族の世界はまだまだ男性優位で、姫君と呼ばれる女性は大事にされるものの自由にならないことの方が多い。嫁いだ相手次第でどうなるか分からない。

自由さで言えば、平民の女性の方がずっと気楽に生きている。

けれど玄武公の亀氏《きし》一族に嫁げば、妻といえどもそれなりの身分が持てるし、子を産めば生母として確固たる地位も得ることができる。

貴族の姫君が目指すのは、優しい夫に嫁ぐことよりも、地位の高い貴族に嫁いで子を産み、高い身分を持つ息子の生母となることだ。

尊武が多少冷酷な性格であったとしても、嫁ぎ先としてこの上ない相手であることには違いない。

「まあいいですわ。とにかく粗相がないように気をつけなさい。それよりも……」

この二人よりも、もっと問題の多い姫君がいる。

「鼓濤様はまだ御膳所《ごぜんしょ》にいらっしゃるのかしら。そろそろお支度をしていただかねばならないのに」

王琳の悩みの種は尽きなかった。

后宮の御膳所では、医官姿の董胡がたすきがけをして饅頭《まんじゅう》作りに奮闘していた。

「まったく……。なんだって私が尊武様のために……飲茶料理なんて……」

文句を言いながら、饅頭の餡《あん》をやけくそ気味に力いっぱいこねていた。

「別に美味《おい》しいものを作ってあげる必要なんてないのだから。いっそのこと、すごくまずい饅頭を作ってやろうか」

ちらりと棚に目をやると、先日お腹が痛いという女嬬のために使った当薬《とうやく》の入った薬包紙がある。当薬とは、別名、千振《せんぶり》ともいい、千回振り出してもまだ苦いという言い伝えから付けられた名だ。それほど苦い胃健薬だった。

「尊武様……。いつも余裕たっぷりで気取っているけれど、あまりの苦さに驚いてあの澄まし顔が崩壊するかも。ふふふ……ふふ……」

良からぬ想像にほくそ笑む董胡だったが……。

「恐ろしい冗談はおやめ下さいませ、鼓濤様！」

後ろからぴしりと叱りつけられて、ぎくりとした。

「王琳……。わ、分かっているよ。想像してみただけだよ」

董胡は振り返って、慌てて弁解した。

「想像でもやめて下さいませ。まずいものを食べさせて、尊武様の不興を買い、正体をばらされてしまったらどうするのですか！」

「分かってるったら。ちゃんと美味しい饅頭を作るよ」

不満はあるものの、尊武の機嫌を損ねるわけにはいかない。

「それにしても私の料理を食べたいなんて、なにを企《たくら》んでいるんだろう」

突然やってきて、鼓濤の正体を暴いて脅した挙句、料理を食べたいと言い出した。

最初は冗談で言っているのかと思っていたのだが、わざわざ次の来訪日まで決めて「どんなご馳走《ちそう》を食べさせてくれるのか期待している」と言い足して帰っていった。

正体を知られた鼓濤に、断るすべはなかった。

「鼓濤様がお話し下さったように、尊武様が朱雀の都でお会いになった若君であるのなら、充分警戒なさいませ。もしやお館様よりも恐ろしい方かもしれませんわ」

王琳には、朱雀に密偵として潜入した時に会った若君が、尊武で間違いないだろうという話をしていた。

最初、董胡が朱雀に密偵として潜入して妓女《ぎじょ》にまで扮《ふん》していたと聞いた王琳は、もちろん卒倒しそうになっていた。だがさすがに大人で聡明《そうめい》な王琳は、お気楽な茶民や壇々と違って尊武の危険性を充分に理解してくれたようだ。

「ともかく朱雀で会った妓女だと気付かれぬようになさってくださいませ」

「うん。でもいざとなったらこっちだって尊武様の正体を知っているわけだからね。ただ言いなりになるつもりはないよ」

弱みを握っているのは董胡も同じだ。

最後の切り札に取っておくつもりだった。

「よして下さいませ。姫君が裏取引のようなまねをするものではございませんわ」

高貴な育ちの王琳は、呆れたようにため息をついた。

平民男性として生きてきた董胡の考えには到底ついていけないようだった。

こうして不安を残したまま昼を少し過ぎた頃、約束通り尊武が后宮《きさきぐう》にやってきた。

◆

「ようこそおいでくださいました。尊武様。本日は飲茶料理をいくつかご用意致しましたので、どうぞお召し上がりくださいませ」

尊武が厚畳に座すやいなや、御簾《みす》の中から挨拶《あいさつ》をして侍女二人に料理を運ばせた。

料理を食べてとっとと帰ってもらおうという戦法だ。

茶民と壇々は頬を上気させながら、一番お気に入りの着物と髪飾りをつけて飲茶料理と茶器がのった膳《ぜん》を尊武の許《もと》へと運ぶ。

「鼓濤様の侍女でございます。茶民と申します。お取り分け致します」

「同じく侍女の壇々でございます。お茶を淹《い》れさせて頂きます」

二人のたっての希望で、給仕役を任せた。

王琳は侍女の控えの間でひやひやしながら二人を見守っている。

尊武は脇息《きょうそく》に頬杖《ほおづえ》をついて二人をちらりと見やると、追い払うようにしっしと手を振った。

「え？」

茶民と壇々はきょとんと尊武を見つめる。

「邪魔だと言っている。いけ」

ほとんど顔を見ることもなく、面倒そうに命じた。

髪飾りはどれにしようか、紅はどの色がいいかと時間をかけて装ったのに、あまりの邪険な扱いに二人とも呆然《ぼうぜん》としている。

董胡は朱雀で会った若君を思い出していた。

（そういえばこういう人だった。妓女にしろ紫竜胆《むらさきりんどう》にしろ女を物のように扱う人だっけ）

朝からうきうきと化粧をしていた茶民と壇々が気の毒になった。

「なにをしている。聞こえなかったか？」

いつまでも尊武の前に居座る二人の侍女に、尊武の声が冷ややかに告げる。

（まずい……）

朱雀では董胡も物のように耳を摑《つか》み上げられたことがあった。

同じことを貴族育ちの茶民と壇々がされたら、きっと衝撃を受けるだろう。

「茶民、壇々、もうよいから、控えの間に戻りなさい」

董胡は慌てて二人に命じた。

二人はようやく我に返ったように「は、はい」と返事をして控えの間にさがった。

この人に侍女を見初めるような人間的な心などあるはずがなかった。

「ふーん……。これが庶民の料理か。帝《みかど》はこんなものを召し上がっているのか」

尊武は頬杖をついたまま膳を眺め、肩をすくめた。

（そうか。庶民料理を馬鹿にするためにわざわざ作らせたのか）

そんなことだろうと思っていた。

（馬鹿にするならそれでいい。食べてもらわなくて結構だ）

董胡はむしろ尊武の目的が分かって開き直ることができた。

「平民の主食は饅頭でございます。本日は良い麦が手に入りましたので、鶏肉と乾姜《かんきょう》と大麦を餡にした蒸し饅頭と、押麦と春雨と茸《きのこ》を薄皮で巻いて揚げた春捲《ちゅんちぇん》《春巻きのようなもの》、それにもち麦と干し海老を入れた米を葉で包んで蒸した粽子《つぉんず》《ちまきのようなもの》をご用意しました」

「…………」

淡々と料理の説明をする董胡に、尊武は無言のままだった。

「毒見の従者もお連れでないご様子。お気に召さないようなら無理に食べていただかなくてもよろしいかと……」

最初から食べるつもりなどなかったのだろう。

むしろほっとした。しかし。

「いや、いただいてみよう」

気が変わったのか、尊武は饅頭を一つ手掴《てづか》みで取り上げた。

董胡はぎょっとして尋ねた。

「毒見をしなくてよいのですか？」

玄武公の嫡男などという身分の者が、毒見もせずによく分からない相手の料理を食べるなんて考えられない。

尊武は手に持った饅頭《まんじゅう》を見つめてから鼓濤の御簾を見やった。

「ふ。そなた、毒を入れたのか？」

「い、いえ。ですが私と尊武様は決して良好な間柄ではないと思われますが……」

「良好な間柄でなければ、そなたは料理に毒を入れるのか」

「い、いいえ、まさか」

「ならばよい」

尊武は告げると、ぱくりと饅頭を頬張った。

御簾の中からは、昼の日差しを受けた尊武の輪郭が、くっきりと見えている。

手摑みの上、頬杖をついたままの食事など、いくら男性といえども貴族として無粋な姿のはずだが、それが尊武だと風流にさえ見えるのが不思議だ。

「ふーん。蒸し饅頭か。貴族の食卓にも一品として出てくるが……」

尊武は美味しいともまずいとも言わず、今度は春捲を手摑みで取り上げた。

そしてやっぱり頬杖をついたまま、さくりと音を立てて齧《かじ》った。

そのまま何も言わずにサクサクと食べている。

「平民も案外いいものを食べているものだな」

褒めているのかけなしているのか分からないことを呟《つぶや》いて、今度は粽子を手摑みした。

これは葉に包まれているため、仕方なく頬杖をやめて両手で包みを開いて頬張る。

「……………」

相変わらず美味いともまずいとも言わずに無言で食べ切った。

なんとも作り甲斐《がい》のない相手だが、茶をすすってから再び残りの饅頭を食べている。

何を考えているのか分からないが、膳にのせられた飲茶料理をいつの間にか全部食べてしまった。

食の細い黎司《れいし》を基本に考えていたが、成人男性には量が少なかったのかもしれない。

（食べっぷりは気持ちいいのだけど……）

「安っぽい庶民食だが悪くはないな。食べられなくはない」

口を開くと失礼なことしか言わない。

（完食しておいてそんな言い方しかできないのか。まったく……）

「私はこのように庶民的な料理を基本に作っております。尊武様のお口に合うものを作るのは難しいかと存じます。お許し下さいませ」

そしてとっとと帰れ、二度と来るな、と心の中で付け足した。

しかし尊武は食べ終わっても立ち上がる気配がない。

「私は若い頃から外遊するのが好きで、僅《わず》かな側近を連れて各地を回った。伍尭國の他領地だけでなく、異国にも行ったことがある」

それがどうした、と言いたいところだが董胡はぐっと堪《こら》えて相槌《あいづち》を打つ。

「さようでございましたか」

「見知らぬ土地で一番困るのが食事だ。街の食堂は野蛮で粗雑な料理が多く、信頼できる料理人を連れて行こうと思うのだが、これがまた難しい。そもそも食事を任せるほどに信頼できる者がほとんどいない」

それはあんたが嫌われ者だからだろう、という言葉が喉元《のどもと》まで出たがなんとか堪えた。

「それは大変でございますね」

董胡のどうでもいいような相槌を無視して、尊武は尋ねる。

「私がなぜ毒見を連れていないか分かるか?」

「…………」

董胡は首を傾げてから、あまり考える気もなく答えた。

「さあ……。分かりかねます」

「身分を隠して外遊している先で、毒見などを連れ歩くわけにはいかないだろう」

まあ、毒見を連れているというだけで、やんごとなき人だろうと警戒される。

「相手の懐に入ろうというのに、振る舞われた料理を毒見で確認するわけにもいくまい」

相手の懐に入るとは、どういう外遊をしていたのか。

だが、そういえば朱雀の妓楼でも、ほとんど一人で行動していた。

近くに側近を忍ばせていたのかもしれないが、傍目《はため》には単独のお忍び貴族に見えた。

それなりの金持ちだろうとは思ったが、玄武公の子息とまでは思わなかった。

「そうなると、自分の直感というものに頼る以外にない。この料理に毒が入っているかどうか。この相手は自分に毒を盛ろうとしているのかどうか」

「直感……」

そんな危ういものに頼って、今まで無事に済んだのか。

「まあ……たいていの場合、信用できずに食べたふりをするだけで誤魔化すのだがな」

「そんなに人を信じられない方が、私の料理を食べたのですか？」

おそらく尊武に最も反感を持つ人間の一人だというのに。

「その直感は、あまり頼りになさらない方がよいのではないですか？」

弱みを握られた董胡が毒殺を企てるかもしれないと、真っ先に警戒すべきことだ。

「ところが……これが結構当たるのですよ、鼓濤様」

尊武は再び脇息《きょうそく》に頬杖《ほおづえ》をついて楽しそうに告げる。

「この世界のほとんどの人間は信用できないが、稀《まれ》に信じられる者がいる」

「それが私だと？　ずいぶん買いかぶって下さったものですね」

この人に信用されるような言動はしていないはずだ。

もちろん言葉は無難に返しているが、心の中では悪態をつきまくっていた。

それすらも見抜けぬようなら、董胡の方こそ尊武を買いかぶり過ぎたかもしれない。

「ふふ。別に鼓濤様に好かれているとうぬぼれているわけではありませんよ。あなたは、たとえ私があなたを殺そうと企《たくら》む刺客であったとしても、料理に毒を入れることなどできないでしょう。違いますか？」

「私でなくとも、普通の姫君は料理に毒を入れようなどと考えないでしょう」

何を当たり前のことを言っているのだと思った。しかし。

「それが普通の姫君も己の保身のためなら、平気で毒を入れるのですよ。鼓濤様」

まるで何度もそんな経験をしているように、尊武は言う。

「だが稀に、己の身が危険に晒《さら》されても、他人に決して危害を加えられない者がいる」

「私がそうだと？　なぜ分かるのです？」

そりゃあ誰かに危害を加えようなどと思ったことはないが……。

「あなたのように自分が善人だなどという幻想を抱いている馬鹿にはできないのですよ」

「な！」

「ふふ。私にとっては非常に扱いやすい便利な馬鹿です」

なんて嫌なやつだろうかと殴ってやりたくなった。

これ以上なにも話したくないから帰ってくれないものかと思っていたが……。

「決めました」

唐突に尊武は宣言した。

「決めたってなにを……」

そして尊武は信じられないことを言い放った。

「あなたを青龍に連れていくことにしましたよ、鼓濤様」

「は？」

何を言っているのか、さっぱり訳が分からない。

「なんでも青龍では、雲埆《うんかく》とかいう医師が詐欺まがいの薬を作って売りさばいていたとか。道理で最近青龍での薬の売り上げが減っていると思っていたのですよ」

「…………」

それについてはよく知っている。

まさにその雲埆の悪事を暴いたのが董胡なのだから。

「青龍の地は、雲埆が勝手に作った医塾で、でたらめな医師免状を出していたようですね。雲埆が捕まり、青龍の医術は混乱しているようです。帝《みかど》はその事態の収拾を私に命じられたのですよ。まったく面倒なことです」

「帝が尊武様に？」

董胡はそんな話になっているとは知らなかった。

それは尊武を信頼して頼んだのか？

黎司には尊武のことを警戒するように伝えておいたはずだが、どうしてそうなったのか分からない。

「今度の殿上《てんじょう》会議で帝の特使団の派遣が決まることでしょう。その団長が私ということになります。あなたには私の専属薬膳師としてついてきてもらいましょう」

「な！　なな！　なぜ私が？」

あまりに突拍子もない話に、董胡はすっかり動転していた。

「言ったでしょう。信頼できる料理人がいなくて困っていると」

「だ、だからって……私は……帝の一の后《きさき》ですよ」

あり得ない。そんなことできるはずがない。

「ふふ。ひと月ほどお后様には病で寝込んで頂きましょうか」

「な！　なにを勝手なことを……」

しかし尊武は脇息にもたれたまま泰然としている。

「勝手なこと？　そちらこそ、勝手に后の専属医官などと名乗って青龍のお后様を診たのでしょう？　おかげで雲埆の罪が暴かれ、私がその尻《しり》ぬぐいをさせられることになった。迷惑を被っているのは私の方なのですよ？」

「そ、それは……」

尊武が言うと、なぜか董胡の方が悪いような気がしてくる。

「それともあなたは自分が種を蒔《ま》いておきながら私に全部後始末をさせるつもりですか？　その程度の責任感で医師などと名乗っているのか？」

「そ、そんなつもりは……」

董胡は問い詰められて口ごもった。

医師としての職責を問われると董胡は弱い。

そんな董胡の弱点をすでに尊武は見抜いていたのだろう。

にやりと微笑むと、尊武は半ば脅迫のように命じる。

「私に弱みを握られているという立場を忘れてもらっては困りますよ、鼓濤様。あなたに断る選択肢など最初からないのです」

「…………」

「だがまあ、私の役に立っている間は、あなたの不利になるようなことはしませんよ。お互いに良い取引でしょう。納得いただけましたか？」

納得などしていないが、拒否もできるはずがなかった。

「わ、分かりました……」

絞り出すような董胡の返答を聞いて、尊武は満足したように立ち上がった。

「では……良い話もできたことですし、そろそろお暇《いとま》致しますよ、お后様」

機嫌良く出口に向かう尊武に、董胡は拳《こぶし》を握りしめたまま俯《うつむ》く。

結局すべて尊武の言いなりになってしまった。

もっとうまく逃げる口実が見つけられなかったのかと悔しさが込み上がる。

「ああ、そうだ。忘れ物がありました」

ふと尊武は出口まで行きかけて立ち止まると、董胡の御簾《みす》に戻ってくる。

「青龍での食事を任せる相手の顔ぐらい見ておきましょうか」

「！」

ぎくりと董胡は肩を震わせた。

侍女の控え室にいた王琳も慌てて立ち上がる。

だが、それよりも早く尊武の右手が鼓濤の御簾を勢いよく持ち上げていた。

「鼓濤様！」

王琳が青ざめて駆け寄る。

御簾の中には頭を下げる后、鼓濤の姿が……。

と尊武は思っただろうが、そこにいたのは男装の医官姿の董胡だった。

万が一にもこんな事態になって顔を見られることを考えて、医官姿で尊武を迎えた。

鼓濤の姿では、朱雀で会った紫竜胆だとばれてしまうかもしれないと危惧《きぐ》した王琳と、話し合って決めていた。

「ほう……」

男装の董胡を見て、尊武は楽しげに微笑む。

そして持っていた扇の先で、董胡の顔をくいっと上げた。

董胡は角髪《みずら》頭の顔を上げ、真っ直ぐ尊武を睨《にら》みつける。

その目を見つめ、尊武は愉快そうに笑った。

「はは。これはいい。医官姿がずいぶんお似合いのようだ」

どこまでも人を弄《もてあそ》ぶ物としか思っていない。

「青龍行きが楽しみになりましたよ、鼓濤様。……いや、薬膳師、董胡だったか」

尊武はそれだけ言うと、高笑いをしながら部屋を出ていった。

董胡は御簾ごしにその背を見送ることしかできなかった。

二、皇帝の特使団

皇帝・黎司の暮らす皇宮の一階にある殿上院では、臨時の殿上会議が開かれていた。

二院八局からなる重臣達の会議は、宮内局の局頭《きょくがしら》である尊武が外遊から戻ったことで、久しぶりに全員が勢ぞろいしていた。

一段高い壇上には、高欄で四角く囲まれた基壇が置かれ、緋色《ひいろ》の帳《とばり》の垂れる高御座の中に皇帝が座っている。

高御座の左側には太政大臣の孔曹《こうそう》、右側には翠明《すいめい》をはじめとした黎司の側近神官達が控えている。

そして皇帝に向き合うようにして神祇院《じんぎいん》の神官達が並ぶ列。そして右大臣、左大臣の後ろに八局の局頭達が平伏して座っていた。

殿上会議の進行を務めるのは、黎司の大叔父《おおおじ》でもある孔曹の役割だった。

「皆様には臨時でお集まりいただき、ご足労おかけ致しました。すでにお噂を耳にされている方もいらっしゃるかと思いますが、青龍で少々問題が起こっております」

七十を過ぎた孔曹だったが、闊達《かったつ》な口調で重臣達に説明する。

「聞きましたぞ。でたらめ薬を売る、不届きな医師が捕まったとか？　愚かなことだ」

玄武公が呆《あき》れたように声を上げる。

「玄武の医師が長年かけて培った医薬を、易々と作れると思ったのか。しかも道端の雑草を混ぜ込み万能薬だなどと、笑止千万だ」

ふんと、玄武公が吐き捨てるように言って青龍公を見た。

「まったくもって、私の管理不行き届きでございました。陛下にも玄武の亀氏殿にもご迷惑をおかけして、申し訳ございません」

青龍公は日焼けした頑強な体を折り曲げ、素直に詫《わ》びた。

まだ朱雀公や白虎公などは詳しい内容を知らず、戸惑いの表情を浮かべている。

「聞くところによると、雲埆とかいう医師が、勝手に医塾を作り独自の医師免状を出していたというではないか。我ら玄武に断りもなく粗悪な医術を使って大儲《おおもう》けするとは。龍氏《りゅうし》殿、あなたもご存じだったのではないのですかな？」

玄武公はぎろりと龍氏を睨みつける。

「いえいえ。とんでもございません。雲埆が勝手にやっていたことで、私は何も知らなかったのです。知っていればもちろん捕らえていました」

「ふん。龍氏殿の公認もなく、青龍中に広まるとは思えませんがね」

「私はこの通り、武道にしか興味のない武骨な男でして、麒麟寮を出たという雲埆に医術のことは任せきっていたのですよ。今回のことは私が一番驚いた次第でして」

龍氏は玄武公の追及に動じることなく、涼しい顔でしらを切り通す。

狸おやじ達の化かし合いを見ているようだった。

「済んだことは、もうよい」

黎司は、ため息をついて高御座から声を上げた。

皇帝の御言葉を聞いて、重臣達は慌てて口を閉じ、平伏しなおす。

「ともかく、青龍では偽の医師免状を持つ医師しかいない状態だ。しかも雲埆の作った偽薬ばかりが出回り、薬の流通が止まっている。青龍は怪我人も多い土地であるのに、誰も治療ができない状況に陥っている。早急に対処せねば、多くの病人や怪我人が無駄に命を落とすことになるだろう」

黎司は一旦《いったん》言葉を区切って、重臣達を見渡した。

そして告げる。

「ゆえに青龍の地に皇帝の特使団を派遣する詔《みことのり》を出すことにした」

重臣達ははっと驚いて顔を上げる。

「皇帝の特使団？」

「そ、それは一体どのような……」

声を上げたのは、まだ何も聞かされていない朱雀公と白虎公だ。

「特使団をまとめるのは、宮内局の局頭である尊武に命ずる」

重臣達は一斉に玄武公の後ろに座る尊武に視線を向けた。

外遊ばかり行っていて、ほとんど付き合いのない人物だった。

尊武は涼やかな切れ長の目を上げ、若々しい笑顔で皇帝を見つめた。

「謹んで拝命致します」

その低く魅惑的な声を聞いたのも久しぶりの者がほとんどだった。

重臣達がざわついている。

「尊武には雲埆の作った医塾をすべて解散させ、新たに青龍の地に麒麟寮を作ってもらおうと思っている」

「な！」

朱雀公と白虎公は驚いたように顔を見合わせた。

「麒麟寮を？　青龍に？」

「そんなことができるならば、我が白虎にも作って欲しいですぞ」

「それなら朱雀の地にも、是非！」

玄武以外のどの領地も医師不足に悩んでいた。

「亀氏殿は玄武にある麒麟寮にすら他領地の者が入塾することを禁じてしまわれたというのに。どういう風の吹き回しですか？」

「納得なさっているのか？」

問われた玄武公は苦り切った顔で俯《うつむ》いている。

尊武から前もって知らされていたはずだが、完全に納得したわけではないようだった。

「玄武の医術を他領地に流出することになるが、その交換条件として、玄武には麒麟武道場を作ることを龍氏殿にも納得して頂いた」

「麒麟武道場？」

青龍の地には、武術を習う武道場がたくさんある。それは玄武に医術を習う医塾があるのと同じだ。そして麒麟の神官直轄の医塾を麒麟寮というように、麒麟武道場もまた麒麟の神官直轄の武道場のことで、現在のところ青龍に二か所建てられている。

それを玄武に建てるというのが、尊武の示した譲歩策だった。

それであれば、父である玄武公を説得できると。

事前の話し合いで、すでに玄武と青龍の間では交渉が成立している。

「それでよいな？　亀氏」

黎司が問うと、玄武公は渋々ながら肯《うなず》いた。

「もちろん陛下のお決めになったことに異論はございません」

玄武もまた、きちんと武術を習った強い武官を自領地で育成したいと考えていた。

玄武公は前々から密《ひそ》かに青龍の武官を招き入れて武道場を作る計画を立てていたようだ。玄武にいる麒麟の間者からの報告が以前から黎司の耳に入っていた。

それならば、密かに作られるより麒麟の神官が取り仕切る武道場を建てた方が皇帝の目が行き届く。

玄武公としては密かに建てるはずの武道場が、公明正大に青龍から師範を呼んで麒麟の武道場として建てられるわけだから、本来ならありがたい申し出のはずだった。

玄武公になにか、秘密裡《ひみつり》に武道場を作りたいという良からぬ企《たくら》みさえなければだが。

「そういうことならば、我が白虎にも麒麟寮と麒麟武道場を建てて下さいませ」

「朱雀にもお願いします。代わりにお好みの芸団を差し上げますから」

白虎と朱雀も腕のいい医師と武術者が不足していた。

「二公の気持ちは分かるが少し待たれよ。まずは青龍の地に麒麟寮を建ててみてからだ。うまくいけば他領地にも広めてもよいと思っている」

黎司の言葉に白虎公と朱雀公は喜んだものの、玄武公は苦々しい顔になっていた。

これ以上、玄武の医術を流出させたくないというのが玄武公の本音なのだろう。

はるか昔、創司帝《そうしてい》の時代はすべての術が未熟で、集中して発展させるために、それぞれの土地に適した術に分けて治めた方が国がまとまったのかもしれないが、四領地が術を極め、規模も人口も増えた現在にはそぐわなくなってきている。

時代の流れと共に国のあり方を変えねばならない時が来ていた。

今回の青龍のことは、そのいいきっかけになったと黎司は前向きに捉《とら》えている。

「特使団には、麒麟寮で教える神官医師を数名と、尊武の選んだ玄武の医師を数名連れて行ってもらう。それから、敵国と接する青龍という土地柄を考え、私の持つ黄軍《こうぐん》から護衛の兵士をつけよう。後ほど紹介するゆえ、尊武はこのあと少し残ってくれ」

「はい。畏《かしこ》まりました」

よどみなく答える尊武に、玄武公は憤然《ふんぜん》とした表情を浮かべながらも反論はしない。

その様子を黎司は不思議な思いで見つめていた。

玄武公に相談する前に、尊武と黎司の間で決めてしまったこともある。それについて玄武公が怒って難癖をつけるのではと思っていたが、案外すんなりと受け入れたようだ。

いつも独裁的な態度でいる玄武公が、どういうわけか尊武の言いなりになっているように見える。少し顔色を窺《うかが》っているようにさえ見えるのは気のせいだろうか。

「では急なことで済まぬが、特使団の出発は三日後とする。急ぎ準備を整えるゆえ、旅に必要な物品を揃えるために、みな協力してくれ。よろしく頼む」

黎司が告げて、会議は散会となった。

ざわざわと神官と重臣達が部屋から出ていく。

「父上。では、私は少しこの場に残りますので、後ほど出立の挨拶《あいさつ》に伺います」

尊武が玄武公に恭しく頭を下げているのが見えた。

「う、うむ。此度《こたび》のことはすべてそなたに任せる。頼んだぞ」

玄武公はそれだけ言うと、早々に部屋を出ていった。

息子を信頼しているともとれるが、どこかいつもの玄武公らしい覇気がない。

(あんな物わかりのいい亀氏は初めて見たな……)

黎司は高御座の中で首を傾げた。

「陛下、黄軍まで貸して下さるとは。お心遣い、感謝致します」

考え事をしている間に、尊武が高御座の前に来て平伏し、感謝の意を述べていた。

特使団の関係者だけが残った部屋には、尊武と龍氏、それに孔曹と、黎司の側近神官だけになっていた。

「うむ。そなたに紹介しよう。入れ、月丞《げつじょう》、空丞《くうじょう》」

黎司が呼びかけると、戸口の外に控えていた黄色い武官服の男が二人入ってきた。

どちらも見上げるような大男で、一人は白髪交じりの年配、もう一人は黎司や尊武と同年代の若者だった。

「我が黄軍の中でも精鋭の月丞、空丞親子だ」

青龍の后《きさき》・翠蓮《すいれん》の侍女頭である鱗々《りんりん》の、父と兄だった。

先日の雲埆の騒動の縁で紹介され、すでに黎司は何度か会っていた。

そして、今回の特使団に付き添ってもらうことにした。

尊武の護衛はもちろんだが、密かに尊武が怪しい動きをしないか見張るためでもある。

「我ら蒼家《そうけ》親子の軍は精鋭ぞろいでございます。万が一、敵国が襲ってこようとも、尊武様の御身は必ずお守り致します。ご安心くださいませ」

どちらも武骨だが、龍氏と違って笑顔が気持ちのいい二人だ。

「なんと、蒼家が護衛につくとは。尊武殿も安心でございますね」

龍氏は満面の笑みを浮かべるが、どこか腹黒さを感じる。

「もちろん私の方でも青軍《せいぐん》の護衛兵をつけようと思っていましたが、月丞、空丞親子がいるなら、用なしでございましょうな。ははは」

「はい。陛下のご厚情を感じます。ありがとうございます」

尊武もこうして見ると、感じのいい好青年だった。

つい、本当にただ真っ直ぐな人の好《よ》い青年ではないかと思ってしまう。

けれどそう思い始めた矢先、尊武はとんでもないことを黎司に告げた。

「そういえば言い忘れていましたが、先に提出していた玄武の医師団と別に、もう一人付け加えることに致しました」

「もう一人？　宮内局の医官か？」

黎司は怪訝《けげん》な顔で尋ねた。医師の数はもう充分すぎるほど揃っているはずだった。

「はい。宮内局の医官でもあり、玄武の后宮の専属薬膳師でもあります」

「后宮の専属薬膳師？　それはまさか……」

黎司はすぐに思い当たって啞然《あぜん》とする。

「はい。陛下のお后様の専属薬膳師でございます」

尊武は屈託のない顔で答える。

「な、なぜ后の専属薬膳師を……」

「先日、お后様のところに挨拶に伺いまして、饅頭《まんじゅう》を御馳走《ごちそう》になったのです。私が美味《おい》しいと喜びましたところ、私の青龍行きに是非とも連れて行きなさいとおっしゃって下さいました。医師ばかりでなく、腕のいい薬膳師も必要だろうと。お后様の優しいお心遣いゆえ、ありがたくお受けしようと思ったのでございます」

「まさか……」

黎司は青ざめた顔で呟《つぶや》いた。

「そんなはずはない。その薬膳師は……后のお気に入りで、滅多なことで人に預けたりなどしないはずだ。何かの間違いでは……」

「いいえ。お気に入りだからこそ、兄である私が知らぬ土地に行くことを心配して申し出てくれたのでしょう。お優しい方です」

「ばかな……。ありえない……」

「なぜそのように驚かれているのですか？　お后様に薬膳師を借りることなど、さほど珍しいことでもございません。元々、宮内局の医官になるはずだった者を、お后様がご自分の専属にと取り立てたのですから。元は私の配下の者でございます」

「そ、それはそうだが……」

それでも黎司は信じられなかった。

(董胡は尊武を朱雀で会った若君かもしれないと言っていた。そのことを鼓濤も聞いているはずなのに。なぜそんなことを……)

「お疑いならば、お后様にお聞き下さいませ」

尊武は黎司の動揺などまるで気付かないかのように、にっこりと微笑んで答えた。

そうまで言われて、黎司はそれ以上尊武を問い詰めることはできなかった。

三、不機嫌な黎司

その夜、黎司は急ぎ鼓濤の許《もと》を訪ねることにした。

董胡が尊武と共に特使団として青龍に行くというのは本当なのか。

本当に鼓濤が自ら尊武に申し出たりしたのだろうか。

到底信じられず、直接本人の口から聞いて確かめたかった。

（董胡は尊武と思われる朱雀の若君に顔を見られているのだ。危険だから尊武には近付くなと私も再三注意してきた。それなのに……）

黎司は年始めに見た夢なのか先読みなのか分からない光景が、ずっと気になっていた。

尊武の腕に囲い込まれるようにして自分の許から去っていく董胡の姿だった。

（まさか……この特使団のことを先読みで視《み》たのか……）

そうであるなら、なおさら董胡を行かせるわけにはいかない。

あの夢は、ただ青龍に行って帰ってくるような雰囲気ではなかった。

董胡が永遠に尊武と共に自分の前から消えてしまうような、そんな未来を感じさせるような光景だった。

（なんとしても、董胡の青龍行きを止めなければ）
勇み足で貴人回廊を玄武の后宮に向かって歩いていた。
しかし、后宮に近付くと意外な人物に出くわした。
「親王……」
弟宮の翔司《しょうし》が貴人回廊から庭を眺めて佇《たたず》んでいた。
翔司は黎司に気付くと、はっとして回廊の端に寄り頭を下げた。
少し前に、皇帝の殉死制度についてどう思うのかと殿上会議で黎司が厳しく追及して
から、すっかり影が薄くなっていた。
今日の殿上会議にも出席していたはずだが、翔司はほとんど声を上げることもなく、
尊武を気にしていたせいか見かけた覚えさえない。
黎司に対しても、以前ほど威勢よく憎しみをぶつけてこなくなった。
今も、青ざめた顔で俯《うつむ》いたまま、黎司が通り過ぎるのを待っている。
黎司は行き過ぎようとして、翔司の手前で足を止めた。
「庭を……眺めていたのか？」
先ほど翔司が眺めていた方に目を向けた。
近従が気を利かせて、手持ちの燭台《しょくだい》を庭にかざしてくれる。
しかし、そこは雑草が生えているだけの何もない荒れ地だった。
「花壇もない荒れ地を眺めていたのか？」

再度問われて、翔司はためらいがちに答えた。

「秋に……竜胆《りんどう》の花が咲き誇るのです……」

「竜胆が?」

翔司が、枯れた後も懐かしむほどの竜胆好きとは知らなかった。

「こ、ここでお后様の侍女に会ったので、少し思い出していただけです」

翔司は慌てて言い直した。そして、さらに慌ててもう一度言い直す。

「べ、別に深い意味はありません! ただ少し懐かしく思っただけですから」

「………」

むきになって言う翔司が、子供の頃のように可愛く思えた。

そしてふと、殿上会議で殉死制度について黎司に賛同するようなことを答えてしまった翔司は、肩身の狭い思いをしているのではないかと気付いた。

黎司に賛同するということは、玄武公や皇太后に背《そむ》いたということだ。

もしや、玄武公や皇太后から厳しく非難されているのではないかと思い至った。

もう殿上会議で何も言うなと、お飾りの人形のように自分達の言う通りにしていればいいのだと命じられているのではないか。

「何か……困ってはいないか? 私でよければ力になるぞ」

黎司が尋ねると、翔司ははっと顔を上げた。

しかしすぐにむっとして言い返す。

「な、何も困ってなど……。あ、兄上に助けてもらうことなどありません！」

ようやくいつもの威勢のよさが戻ってきた。

「ふ……。ならばよい」

黎司は少しほっとして微笑んだ。

そのまま立ち去ろうとした黎司だったが、去り際に聞こえるか分からないほどの声で呟いた。

「私はどんな状況であってもそなたの味方のつもりだ」

「…………」

聞こえたのかどうか、翔司は立ち去る黎司の背を見えなくなるまで見送っていた。

◆

鼓濤の御座所に入ると、御簾《みす》は床まで下がり繧繝縁《うんげんべり》の厚畳が敷かれて、燭台が二つ置かれていた。床の間に飾られた椿の赤い花が、燭台の灯にほのかに照らされて美しい。

こういう形で出迎えられるのは久しぶりだった。

前回もその前も、后《きさき》が風邪を引いたということで董胡が代わりに黎司を出迎えた。

だが御簾が下がっているのを見ると、今日は鼓濤がいるらしい。

「お待ちしておりました、陛下」

　黎司は厚畳に座りながら、鼓濤の声を聞いてほっとした。

「また避けられるのかと思ったが……風邪は治ったようだな」

　黎司が鼓濤の顔を見たいと言ってから、ずっと避けられているのは分かっていた。

「……おかげ様で風邪は完治致しました。ご心配をおかけしました」

　あくまで風邪だったという鼓濤を、あえて問い詰めるつもりはない。

「うむ。元気になったのなら、それでよい」

　御簾の中でほっとしている鼓濤の様子が伝わってきた。

「本日も膳《ぜん》を用意しております。お出ししてよろしいでしょうか？」

「うむ。急に訪ねることにしたのだが膳を出してくれるのか。それなら喜んで頂こう」

　鼓濤は控えの間の王琳に命じて膳を運ばせる。黎司は戸口の外に待たせていた従者を中に呼び、毒見をさせて下がらせた。

「本日は椿膳《つばきぜん》をご用意させて頂きました」

「椿膳？」

　黎司は目の前に置かれた膳を眺めた。

「まずは椿の花の酢漬けをお召し上がり下さいませ」

　王琳が赤白の酢漬けの花びらを皿に取り分けて差し出す。

　黎司は一口食べて肯《うなず》いた。

「うむ。くせがなく食べやすいな。酸っぱいが喉越《のどご》しがいい」

拒食の黎司には、まず酢の物で食欲を高めることにしている。

「こちらは？　蕪《かぶ》か？　白い椿のように見えるな」

黎司は隣の器を覗《のぞ》き込んで尋ねた。

「はい。出汁《だし》で煮込んだ蕪を椿の花びらの形に飾り切りし、中に雄蕊《おしべ》に見立てた黄色い錦糸卵《きんしたまご》を線状に切って入れています」

時間をかけてゆっくり煮込んだ蕪は箸《はし》でほどけるように切れて、味の滲《し》みた錦糸卵と一緒に食べるとほどよい塩加減になっていた。

「うん。美味《うま》いな。優しい味わいで体が温まる」

他にも椿油を使った野菜和《あ》え、椿の花びらの衣揚げ、椿の葉でくるんだ椿餅《もち》。

実際の椿を食材に使ったものと、椿に見たてた形に仕上げた料理が並ぶ。

王琳が取り分け、黎司は感心したように次々と頬張った。

「椿は厚い葉をつけることから厚葉木《あつばき》と呼ばれていたのが名前の由来と言われています。花の少ない冬に鮮やかな赤や白の花を咲かせて、冬の茶席になくてはならない花でございますが、生薬としても用いられます」

「椿も薬になるのか」

「はい。花を山茶花《さんちゃか》と呼び滋養に、葉を山茶葉《さんちゃよう》と呼んで傷薬として、果実は山茶子《さんちゃし》と呼び、種子を圧搾して採れる椿油は頭部の湿疹《しっしん》や養毛剤として用いたりします」

「ほう。見た目も美しい上に、すべて余すところなく使えるのだな」

「はい。王宮の椿は低木がほとんどですが、玄武では大木に育った椿をよく見かけます。大きく生長した木は、木具材や細工物にも使われています」

黎司は食べながら感心したように肯いた。

「うむ。やはりそなたの蘊蓄《うんちく》を聞きながら食べる料理は最高に美味いな」

しかしすっかり料理に夢中になっていた黎司は、今宵《こよい》の目的を思い出し黙り込んだ。

久しぶりの料理が美味《おい》しくてなかなか言い出せずにいたが、そろそろ本題に入らねばならない。黎司は箸を置き、少し改まった姿勢になって尋ねた。

「ところで鼓濤。そなたは尊武と話をしたのか？」

「！」

御簾の中にいる鼓濤が、息を吞《の》んだことが分かった。

黎司は続けて尋ねる。

「私が尊武に特使として青龍に行くことを命じたのを聞いているのであろう？」

今朝の殿上会議で発表したことで、関係者以外はまだ知らない者も多い。

だが尊武の話が本当なら、鼓濤はすべて聞いているはずだ。

「……はい。聞きました」

鼓濤は震える声で答えた。

「尊武は、そなたの専属薬膳師、つまり董胡を青龍に連れていくと言っているようだが、何かの間違いであろうな？」

「…………」

　鼓濤の返事はない。

　黎司はさらに告げる。

「董胡が私にとってどういう存在であるか、そなたも聞いているのであろう？　古い恩人であり、私にとってもかけがえのない者だ。しかも董胡は尊武が朱雀で出会った若君に似ていると、そう言っていた。顔を見られている董胡を会わせるわけにはいかぬだろう？」

　しかしその問いに、鼓濤は信じられない答えを返した。

「で、ですが……、朱雀では董胡は女装をしていましたので、医官姿の董胡を見ても分からぬようであったと……」

「董胡を尊武に会わせたのかっ⁉」

　黎司は思わず声を荒げて尋ねた。

　あれほど尊武に近付くなと言っておいたのに。

　あまりに迂闊《うかつ》な行動が信じられなかった。

「と、突然のことで防げなかったのでございます。申し訳ございません」

　黎司の剣幕に驚いたように鼓濤が慌てて謝った。

「で、ですが朱雀では妓女《ぎじょ》に扮《ふん》した濃い化粧をしていたため、全然気付かれなかったという話でございました。ご心配には及ばないと……」

「それで……そなたから尊武に董胡を連れていくよう進言したのか？」

「え？」

「そなたが自ら言い出したのだと尊武から聞いている」

「ま、まさか……」

鼓濤は御簾の中で絶句しているようだった。

黎司は少し気持ちを落ち着け、そんな鼓濤に再び尋ねた。

「そなたの素性については深く詮索《せんさく》せぬつもりであったが、玄武で長年行方知れずの姫であったと、そのように聞いている。尊武とも見知った中ではないと思っていたのだが、大切な薬膳師を差し出すほどに兄として慕っているということなのか？　それとも何か事情があるのか？　事情があるなら私も力になりたい。教えてくれぬだろうか」

「わ……私は……」

しかし鼓濤は言いよどんだまま黙ってしまった。

「別にそなたの素性について責めるつもりなどない。尊武を兄と慕うならそれも良い。だが董胡を尊武と共に青龍に行かせるのは反対だ。そなたが決めたことならば、撤回して欲しい。私は董胡を危険な目に遭わせたくないのだ」

「陛下……」

黎司はここまで言えば、きっと鼓濤は撤回してくれるだろうと思っていた。

少し厳しい言い方をしてしまったが、それほど嫌なのだと伝えたかった。

けれど鼓濤からの返事は信じられないものだった。

「陛下が……董胡を大事に思って下さることを、私も嬉《うれ》しく思っています。けれど、青龍に行くことは……董胡本人の……希望なのです」

「な！」

黎司は唖然《あぜん》とした。

「此度《こたび》の雲埆の事件は、董胡が暴いたことであり、そのことによって青龍の医術が混乱してしまったことを……董胡は……自分の責任と感じています」

「董胡は暴こうと思って暴いたのではない。青龍の姫君を助けようとして、成り行きで暴かれたことだ。董胡が気に病む必要はないだろう！」

「ですが……、医師として自分にできることがあるなら……行きたいと……」

「なぜだ！　尊武と共に過ごすことになるのだぞ！　もしもどこかで、朱雀で出会った妓女だとばれてしまったらどうするのだ！」

「じ、充分気を付けるからと……。そう……申しております……」

黎司は信じられなかった。

尊武を甘く見ているのか、それ以上に医師としての責任を感じているのか。

いや、考えてみれば、董胡なら言い出しそうな気もする。

だが年始の夢で尊武に連れ去られる董胡を見た黎司には、嫌な予感しかしない。

董胡を失うのではないかという焦りのようなものが胸に込み上がる。

そしてその焦りは鼓濤へのいら立ちに変わった。

「たとえ董胡がそう言ったとしても、なぜそなたが反対しなかったのだ！　そなたは董胡のことが心配ではないのか！」

「わ、私は……」

「私なら押さえつけてでも行かせない！　そなたが必死に命じれば董胡だって考えを変えたのではないのか？　そなたはもっと董胡を大事にしてくれると思っていた。だから私は自分の側に呼び寄せず、そなたに預けたのに……」

「陛下……」

鼓濤は呻《うめ》くように呟《つぶや》いた。

ここまで言えば、やっぱり董胡は行かせないと答えるものと期待していた。

しかし鼓濤は小さな声で呟く。

「申し訳ございません……」

黎司はその言葉を聞いて絶望を浮かべた。

そして料理を半分残したまま立ち上がる。

「そなたの気持ちは分かった」

はっと鼓濤が息を呑んでいる。

「明日、董胡に皇宮に来るように伝えてくれ。私が直接話す」

「………」

言葉を失っている鼓濤に、さらに告げた。

「よいな。必ず来るように伝えよ」

鼓濤は観念したように答えた。

「か、畏《かしこ》まりました……」

黎司はそのまま御座所を出て皇宮へと帰っていった。

四、皇帝の御座所

董胡は皇宮に向かう小道を急いでいた。

薄紫の袍《ほう》を着た医官の董胡は貴人回廊を使える身分ではないので、回り道をしながら平役人や御用聞きが走り抜ける下道を歩いて行かなければならない。

皇宮には貴人回廊を使って侍女頭・董麗《とうれい》として地階の大座敷で開かれる大朝会《だいちょうかい》に何度か行っている。それから朱雀の密偵を終えたあと褒美を受け取りに行って、まだ身分を隠したままの黎司と会ったこともある。

けれど皇帝であると明かした黎司を訪ねるのは初めてのことだった。

しかも楽しい話をするために呼ばれたのではない。

「どうしよう。レイシ様は私の青龍行きをなんとしても止めるつもりなんだ」

董胡だって、できることなら行かずに済ましたい。

ゆうべ鼓濤として会った時は、他によい言い訳が思いつかず医師としての責任感などと言ってしまったが、いくら董胡でも尊武と共に過ごす危険を冒してまで医師としての責任を全うしようとは思っていない。

「どう考えても愚かな行動だよね……」

怒る黎司が正しい。

黎司は董胡の身を心配して、珍しく鼓濤に声を荒げて怒っていた。

初対面の頃以来、黎司があれほど鼓濤に冷たい言い方をしたのは初めてだ。

董胡のために怒っていたのだと分かっていても、今も少し落ち込んでいる。

董胡としては怒るほどに心配してくれる黎司の気持ちが嬉しい反面、鼓濤としては信頼を失ったようで悲しい。董胡の気持ちは複雑だった。

「それにしても……」

腹立たしいのは尊武だ。

「鼓濤の方から薬膳師を差し出したかのようにレイシ様に言ったのか」

黎司はそんな風に言っていた。

「なんてやつだ！　こっちから差し出すわけがないだろう！　おかげで鼓濤が兄と慕っているかのように誤解されたじゃないか！」

あの時、なんと言い訳すれば良かったのか。

冗談じゃない、あんなやつ、と言ってやりたかったけれど。

なにを言っても鼓濤の正体がばれるような気がして、何も言えなくなってしまった。

「レイシ様になんと言い訳しよう……」

董胡が青龍に行かない方法ならいくつもある。

急に病になって行けないとか、なんなら皇帝の権力で却下することだってできなくはないだろう。けれど……。

どんな理由であろうと、行かないと言えば尊武は機嫌を損ね、黎司に董胡の秘密をばらしてしまうかもしれない。

董胡には行くという選択肢しか残っていなかった。

あるいは、このまま鼓濤の名を捨てて王宮から逃げ出すか……。

董胡の選択肢は、青龍に行くか行かないか、ではないのだ。

青龍に行くか、黎司の前から消えるか、の二択だった。

そして董胡が選んだのは「青龍に行く」だった。

たとえ危険であっても、尊武に朱雀で会った妓女《ぎじょ》だとばれる可能性があっても、まだ黎司のそばにいたい。僅《わず》かな望みをかけて王宮に残れる方を選んだ。

だから黎司をなんとか説き伏せて、青龍に行かなければならない。

董胡は大きく深呼吸して決意を固めると、金色に輝く五重の塔を見上げた。

宮内局医官の木札を見せて皇宮に入ると、すぐに皇帝の側近らしい神官がやってきて、董胡を案内してくれた。

一階の謁見の間なのかと思ったが、階段を上り皇帝の私室に案内されたようだ。

黄軍の武官服を着た衛兵や、緋色《ひいろ》の袍の神官があちこちに立っている。

何重もの警備をくぐりぬけ、煌《きら》びやかさに目がつぶれそうな金箔《きんぱく》画の襖《ふすま》で区切られた部屋をいくつも通り抜け、大きな柱と高い天井を眺めていると、黎司は本当に皇帝なのだという実感が湧いてくる。

徐々に神官の数が減ってきて、身の回りの世話をする侍女達の姿もなくなり、ようやくたどり着いた最奥に、皇帝の昼御座《ひのおまし》と呼ばれる部屋があった。

「薬膳師をお連れしました、陛下」

先導してくれた神官が告げると、中から「入れ」という声が聞こえた。

神官は厚みのある飾り彫りの扉を開いて、董胡に中に入るようにと示した。

董胡は部屋に入るとすぐに一段低くなった板敷の間にひれ伏した。

「堅苦しい挨拶《あいさつ》はいい。こちらに来るがいい、董胡」

黎司の声がして、董胡ははっと顔を上げた。

中は広々としているが、几帳《きちょう》や屏風《びょうぶ》で区切られていて奥には絹の帳《とばり》に囲まれた御帳台《みちょうだい》があった。公務に疲れた時に一休みするのだろう。

その隣に麒麟画の屏風に囲まれた繧繝縁の厚畳が置かれていて、脇息《きょうそく》にもたれるように座る皇帝・黎司がいた。

厚畳の前には翠明が三日月の目を細めてこちらに微笑みかけていた。

「レイシ様……。翠明様……」

黎司は皇帝の冕冠《べんかん》も付けず、髪の一部を織紐《おりひも》で纏《まと》めることもせず下ろしていた。

服装もきっちりした袍服ではなく、着流した楽ないでたちだった。

そうしていると、五年前に斗宿《としゅく》で出会った頃を思い出してしまう。

「ここには翠明しかいない。畏まる必要などない」

黎司においでと手で示されて、董胡は戸惑いながら立ち上がり翠明の手前に座した。

「呼び立てて済まなかったな、董胡」

「い、いえ。レイシ様こそ貴重なお時間を頂き、申し訳ございません」

「そんな事はよいから、もっと気楽にしてくれ」

そうは言われても、皇帝を前に気楽になどできるわけがない。

黎司は少し残念そうに肩をすくめた。

「やはりそうなるな。だからそなたに皇帝であることを言いたくなかったのだ」

「も、申し訳ございません」

まだ恐縮する董胡を見て、黎司は諦《あきら》めたように率直に尋ねた。

「なぜ呼ばれたのか、分かっているのだろう？」

董胡はぎくりとして、そっと顔を上げた。

「尊武に……会ったのか？」

「……はい……」

董胡は答えてから再び俯《うつむ》いた。

「朱雀で会った若君だったのか？」

「……はい。間違いないと思います」

「…………」

黎司は分かっていたのか、無言で受けとめた。

「で、ですが、私が朱雀で会った妓女だとは気付かれませんでした。まさか妓女の正体が男性の医官だとは尊武様でも考え及ばないことでしょう。大丈夫です」

「なにが大丈夫なのだ」

「！」

黎司の冷ややかな声音にどきりとした。

「尊武が朱雀の若君であったなら、尚更《なおさら》どれほど危険な相手か分かるだろう。尊武と共に青龍に行くことは断るがいい。そなたの立場で断れないというなら、私から尊武に命じよう」

「…………」

そう言われるのだろうと思っていた。

けれど董胡のために言ってくれる、その黎司の言葉を拒絶しなければならない。

「レイシ様が私のことを心配して下さる気持ちはありがたいと思っています。ですが、私が雲埆の罪を暴き、青龍を混乱させたのです。私には青龍の医術を正す責任がございます。それに……」

董胡は息をついで、ゆうべ必死に考えた言い訳を続けた。

「これは朱雀の若君であった尊武様の企《たくら》みを探る千載一遇の好機でございます。尊武様が何をしようとしているのか、陛下の敵であるのか味方であるのか、私がこの目で見極めてこようと思います。どうか私をレイシ様の密偵としてお使い下さいませ」

しかし黎司は間髪を容《い》れず言い放った。

「愚か者がっ！」

びくりと董胡は肩を震わせる。

「誰がそんなことを頼んだ！　そなたごときに一人前に密偵の働きができると思ったか！　朱雀で少し活躍したからといって、うぬぼれるな！」

「…………」

黎司の剣幕に青ざめる。ここまで怒られるとは思わなかった。

だが言われてみれば、剣も使えず敏捷《びんしょう》でもない自分が密偵などと愚かしい話だった。

「そなたなどに頼まずとも幼い頃から研鑽《けんさん》を重ねた優秀な密偵がたくさんいる。尊武の周りはすでに見張らせている。未熟な者が勝手に動くと、却《かえ》って足手まといになるのが分からぬのか！」

「も、申し訳ございません……」

董胡はがくがくと震える体で平伏した。

董胡の浅はかな言い訳で黎司を説得できるわけがなかった。

（どうしよう。青龍に行けないなら……私はこのまま王宮から逃げるしかないのか）

ならばこれが黎司に会う最後になってしまう。

鼓濤にも董胡にも呆《あき》れて、怒らせたまま黎司の前から消えるしかないのか。

まだそばにいたい。いさせて欲しいと董胡の心の奥が叫んでいる。

「青龍には行かぬな？　行かぬと申せ」

畳みかけるように告げる黎司に、董胡はひれ伏したまま首を振った。

「行きます。行かなければならないのです！」

黎司は啞《あ》然《ぜん》として、再び尋ねる。

「なぜだ？　私は行くなと言っている。それでも行くというのか？」

「青龍に行けないなら……私は……レイシ様の前から消えることになります」

「な！」

黎司は翠明と顔を見合わせた。

「どういうことだ？　誰かに脅されているのか？」

董胡はぶるぶると首を振った。

「どうか……何も聞かず、行かせて下さい」

もう適当な言い訳で誤魔化すこともできない。

ただ、行くのだと、行きたいのだと頼むしかなかった。

「…………」

しばしの沈黙のあと、黎司は大きくため息をついた。

「もうよい。顔を上げよ、董胡」

董胡は恐る恐る顔を上げて黎司を見た。

「これ以上追及すると、そなたは本当に私の前から消えてしまいそうだな」

呆れてはいるが、もう怒っているようではなかった。

「強く言えば諦めてくれると思ったが……どうやら私が何を言っても行く気持ちは変わらないようだな」

「申し訳ございません……」

「いや……声を荒げて済まなかった。そなたを未熟だなどと思ってはいない。確かにそなたなら、料理を作る薬膳師として尊武の懐《ふところ》近くに入れるだろう。他の密偵には成しえない働きを期待できるのは分かっているのだ」

「レイシ様……」

董胡は急に声音が柔らかくなった黎司を見つめた。

「だが……それでも行かせたくなかった。そなたを危険な目に遭わせたくなかったのだ」

「……………」

董胡を心配する黎司の温かい気持ちがじわりと心に染み込んでくる。

「必ず私の許《もと》に帰ってくると約束できるか？」

「で、では……」

黎司は改まったように尋ねた。

「頼むから私の前から消えるだなどと言わないでくれ」

黎司は少し微笑んで困ったように告げる。

「私はそなたを失いたくないだけなのだ。絶対に帰ってくると約束してくれ」

「は、はい！　必ず。必ずレイシ様の許に帰ってきます！」

董胡はほっとして言い切った。

そうだ、絶対帰ってくる。

黎司のそばに居たいために青龍に行くのだ。

尊武がどうあれ、絶対に帰ってくる。

黎司は肯《うなず》くと、翠明に目配せして告げた。

「最悪、どうしてもそなたが行くと言った場合のことを考えて、実は翠明と一つ策を練っていた」

「策？」

董胡は目を見開いた。

「そなたの護衛として強力な式神を翠明に付けてもらおうと思う」

「式神？」

董胡はにこにこと肯く翠明に目を向けた。

「式札で作る有象《うぞう》無象《むぞう》の式神と違い、簡単に術が解けない、人に近い式神です」

翠明は董胡に説明する。

「ただし、強力な式神を作るためには人柱《ひとばしら》が必要です」

「人柱？」

「ええ。式神の基《もと》となる実在する人物が必要です。その者の体の一部、たいていは髪の束などですが、それを使い式神を使役するのです。人柱となった者は、式神が活動している間はほとんど寝た状態になり、式神の影響が多少なりとも体に現れます」

「そんなことをして……その人は大丈夫なのですか？」

青龍に行くのだから、二、三日の話ではない。もっと長い期間になるはずだ。

「人柱を世話する者が必要です。時々起こして食事を摂《と》らせて、生きるために必要な最低限の世話をしてもらいます。本人が起きている間は、式神の方が休眠状態となります」

それはかなり人柱となった人に迷惑をかけてしまいそうだ。

「あなたを大切に思う近しい者が良いです。あなたを守りたいと思う、その思いが式神の力となるのです。その思いを戦闘能力という形に変えて備えさせることができます」

「そんなことが……」

しかし翠明は少し肩をすくめた。

「……と言っても、私もこれほど長期間の式神を作るのは初めてです。途中で術が解ける可能性もあります。あまり期待し過ぎないで下さい」

「は、はい。翠明様の式神がそばにいるというだけで心強いです」

「誰か、人柱になってくれそうな人物はいるか？」

黎司が尋ねた。

「人柱になってくれそうな人……」

黎司はすぐに気付いたように付け加えた。

「楊庵《ようあん》と偵徳《ていとく》はだめだ。実際の密偵として青龍に行かせるつもりだ。なにか危険が迫るようなことがあれば、二人の許に逃げるがいい」

「楊庵と偵徳先生が？」

一人きりで青龍に乗り込むと思っていただけに、二人がそばにいるのは嬉《うれ》しい。

黎司は董胡のために、最大限の人員を送ってくれるらしい。

その気持ちがありがたかった。

「誰か早急に人柱になってくれる者を探してくれ。人柱の世話をする者も必要だ」

「は、はい」

「そしてなるべく早く、人柱に決まった者の髪の束を翠明に渡して欲しい」

「わ、分かりました。探してみます」

「それから……」

黎司は董胡に顔を近付け、神妙な面持ちで続けた。

「決して無茶をするな。危険だと思ったら、すぐに逃げるのだ。自分の身を守ることを最前に考えよ。分かったな？」

真っ直ぐに見つめられて、董胡はどきりとした。

それが黎司の一番言いたかったことだと分かる。その気持ちが嬉しい。

「はい。レイシ様の許に帰ることだけを考えて行動致します」

それは董胡の最大の願いでもあった。

◆

「やはり……青龍行きを止めることはできなかったか……」

董胡が立ち去った部屋で、黎司はため息をついた。

「なんとしても止めるつもりだったが……」

皇帝の権力をかざしてでも止めるつもりだった。

「まさか青龍に行かなければ私の前から消えるなどと言い出すとは……」

そう言われてしまっては、受け入れるしかなかった。

「それにしても……董胡も鼓濤も、何か私に言えぬことがあるようだな」

「そうですね。青龍に行かざるをえない理由があるようでした」

「鼓濤の素性と何か関係があるのだろうか。董胡は鼓濤のために青龍行きを決めたのかもしれぬな」

「はい……」

鼓濤に何か隠し事があるのは分かっていた。

そもそも玄武の一の姫だという素性が怪しいのは以前から調べがついていた。

鼓濤本人にも、行方知れずだった姫君だと言っても特に弁解の言葉は無かった。

玄武の黒水晶の宮で育った姫君でないことは間者の話からも間違いない。

「私に言えぬほどの何か秘密があるのだろうか」

「やはり……以前から陛下がご推察の通り、玄武公の亡き正妻が産んだ不義の娘という可能性が高いと思います。そのような噂は、昔からあったようでございます。玄武公の血を引かぬ姫君なのでございましょう」

「それならば、さすがに皇帝である私には言えぬか……」

「はい。また鼓濤様の本当の父である方がどのような身分なのか。それによっては素性を偽り皇帝の一の后《きさき》となったことは大罪となりましょう」

「うむ……」

青龍の翠蓮姫のように親戚《しんせき》の姫君を養女にして輿入《こしい》れさせたのとは訳が違う。

玄武公の血筋とまったく無関係な姫君であれば、明らかな皇帝への侮辱だ。

万が一にも鼓濤の父が貴族ですらなかったなら、平民以下の者を一の姫君だといって皇帝に嫁がせたと不敬罪も問うことになるだろう。

それを暴けば、玄武公にも多少なりとも打撃を与えることはできる。

だがそれ以上に大打撃をくらうのは鼓濤本人だった。

玄武公本人は蟄居《ちっきょ》程度で済むかもしれないが、鼓濤は下手をすれば死罪となるかもしれない。玄武公は自分の身を守るために、鼓濤に厳しい罰を与えるだろう。

青龍公が懇意にしていた雲埆をあっさり死罪だと裁決したように。

いつだって立場の弱い者が、権力者の身代わりに粛清されてしまう。

死罪にまでならなくとも、皇帝を偽り嫁いだ姫君として幸福な未来はないだろう。

だから鼓濤の素性についての捜査は打ち切った。

これ以上調べて、余計な真実をつまびらかにするつもりはなかった。

しかし、その鼓濤の秘密が董胡までをも巻き込んで嫌な方へ向かおうとしている。

「鼓濤はいったい何者なのだ。どこから現れたのだ」

以前調べさせていた間者の報告だと、ある日突然、黒水晶の宮に現れたという。

姫君として育ったなら、必ずいるはずの侍女も従者も見当たらず、突如として鼓濤だけが宮の中に現れたという話だった。

「まさか……私が作る式神のような存在なのでしょうか？」

翠明は不安を浮かべて尋ねる。

翠明自身は鼓濤に間近に接したことはない。

「いや。私も直接顔を見た訳ではないが、ちゃんと意思のある人間だと思う」

式神では表現しきれない感情の起伏のようなものが間違いなくある。

「だが……鼓濤が私に姿を見られることを拒む理由がそこにあるのかもしれぬな」

「はい。私もそのように思います」

しかし知りたいけれど、知ってはいけない気がする。

知ってしまったが最後……。

鼓濤も董胡も失ってしまうような、根拠もない不安をずっと感じている。

だからこれ以上探りたくない。

もどかしいけれど、それが黎司の出した結論だった。

「鼓濤が……言うに言えぬ苦しみを抱えているなら……。かわいそうなことをしてしまったかもしれない」

ふと最後に会った鼓濤のことが頭をかすめた。

董胡を守りたい一心とはいえ、鼓濤には冷たい態度のまま出てきてしまった。

もう少し優しい言葉をかけられなかったのかと、今更悔やんでいる。

すべてが片付いたらきちんと謝って、鼓濤とじっくり話してみたい。

「ともかく、今は董胡が無事青龍で過ごせることを最優先に考えよう。そなたも長期間、式神を使役するのは負担が大きいだろうが、どうか董胡を守ってくれ」

「はい。畏《かしこ》まりました」

翠明は気を引き締めて請け合った。

五、菫胡の式神

青龍への特使団は盛大な列をなして王宮を出発した。

青龍公が用意した青軍の武官達の勇壮な先導から始まり、多くの荷車と共に神官の列が進んでいく。

続くのは皇帝が尊武のために貸し出した黄軍の月丞・空丞親子の護衛部隊だった。

彼らが守るのは、尊武の乗る絢爛《けんらん》豪華な牛車《ぎっしゃ》だ。長旅を考慮して、尊武が玄武から持ち込んだ伍尭國で最新の贅沢《ぜいたく》な乗り物だった。

牛車の後ろには医官の輿がいくつも並び、大勢の従者や雑仕《ぞうし》がぞろぞろと歩いていく。

沿道の人々は何事かと拝座《はいざ》の姿勢になって道の端に寄り、こっそり見物していた。

后の輿入れよりも長い列を作っている。

青龍公の見栄もあるのだろうが、派手好きな尊武の意向もあるのだろう。

菫胡はやれやれとため息をついていた。

菫胡自身は薄紫の医官服を着て、薬庫の万寿《まんじゅ》に借りた大きな薬籠《やくろう》を背負っている。

そして紫の頭巾《ずきん》を被《かぶ》り、顔面には覆布をつけて目しか見えない恰好《かっこう》だ。

これは流行《はや》り病などで医官が派遣される時の防護装備でもある。

今回は流行り病でもなく、そこまでの装備は必要ないのだが、董胡としては尊武にあまりじろじろと顔を見られたくないため、この装備で過ごすつもりだ。

（レイシ様。必ずあなたの許《もと》に帰ってきます）

そう心の中で呟《つぶや》いて、先ほど目にした皇帝姿の黎司を思い出していた。


一刻ほど前、皇宮の大庭園で出立式が行われた。

大庭園から幅のある階《きざはし》を上った大座敷に、皇帝と重臣達が座っていた。

みな五行の色を示す正装で、大座敷の厚畳に並ぶと鮮やかに映える。

（レイシ様がいらっしゃる……）

こんな風に皇帝である黎司の姿を見るのは初めてだった。

冕冠《べんかん》を被り、笏《しゃく》を持ち、緋色《ひいろ》の袍《ほう》の袖《そで》を広げて優雅に座している。

真正面から見ると、絵巻物を眺めているようだった。

特使団の面々は、大庭園に所狭しと拝座の姿勢で並ぶ。

董胡は医官が並ぶ最後列に目立たぬように拝座していた。

一番前にいるのは特使団の団長である尊武だった。

宮内局の局頭を表わす濃い紫の袍に、玄武の黒い襷《たすき》を長く垂らしている。

尊武は名を呼ばれ階を上ると、皇帝の詔書を直々に受け取った。

「では頼んだぞ、尊武」

「必ずやご期待に添えるよう尽力致します。陛下」

その厳かな儀式を見て、大庭園に拝座する面々は大役を任されたのだと改めて気を引き締めていた。

こうして最後尾から眺めていると、黎司も尊武もずいぶん遠い存在だと感じる。

大庭園の隅っこで薬籠を背負う董胡とは無縁の人のように感じていた。

けれど、そんな思いは出発するとすぐに打ち消された。


「牛車の中ではその覆布ぐらいはずしたらどうだ？」

向かいから告げられた言葉に、董胡はぎょっとして身を硬くする。

「い、いえ。あまり顔を見られる訳には参りませんから……」

「ふ。まあ……仮にも皇帝のお后様だからな。仕方がないか……」

牛車に据え付けた脇息《きょうそく》に頬杖《ほおづえ》をつきながら楽しそうに告げるのは尊武だった。

どういう訳か、尊武の牛車に一緒に乗せられている。

尊武に一緒に乗れと言われ「結構です！」と固辞したものの、「一応、お后様でもあるのだ。その辺をうろうろさせるわけにはいかない」と言われ無理やり押し込まれた。

牛車の中は思いのほか広く、詰めれば十人ぐらいは座れそうだった。

全体に厚畳が敷かれ、座り心地もいい。

「ではせめて薬籠ぐらい下ろしたらどうだ？　重いだろう」

「…………」

薬籠を背負って青龍まで歩くつもりでいたので全然平気だが、牛車の中で背負ってい
る必要もないので下ろして腕の中に抱え込んだ。

様々な生薬と料理の調味料が入った、命と同じぐらい大切なものだ。

身から離して尊武に毒を混ぜ込まれたりしないとも限らない。

「はは。ずいぶん警戒されたものだ。そなたのために牛車に乗せてやったというのに」

薬籠を抱え込んだまま警戒するように睨《にら》みつける董胡を見て、尊武が笑う。

「別に取って食おうというわけではない。それとも……」

尊武は頬杖をはずし董胡の方に、ぐいと体を寄せてきた。

「私にもっと絡《から》んで欲しいという前振りかな？」

「な！」

ぎょっと後ずさる董胡に尊武の右手が伸びてくる。

しかし尊武の手が届く寸前に、董胡の前に二つの背が左右から現れた。

「…………」

尊武は眉根《まゆね》を寄せ、突然現れた障害物を睨みつける。

「なんだ、これは」

尊武の前には、勇ましい二人の女性が閉じた扇を盾にして睨み返していた。

翠明に作ってもらった式神だ。

旅先で目立たぬように青龍の侍女服と似た衣装を着ている。

青い上衣に、腰を細く絞って足先が見える下袴《したばかま》姿だ。

髪は二つ団子にして、いつ戦闘態勢になっても支障のない髪形になっている。

「私の護衛です」

「護衛？　これがか？」

尊武は不審を浮かべたまま、二人をじっと見つめた。

きりりと勇ましい目つきをしているが、無表情で言葉を発することはない。

そして董胡は知らなかったのだが、人柱にした式神は元となる本人にそっくりになるらしい。

一人は少し色黒で痩《や》せていて、一人は色白でふくよかだ。

「茶民、壇々。大丈夫だから扇を下ろしていいよ」

そう。悩んだ挙句、董胡が人柱に選んだのは茶民と壇々だった。

二人の式神は、董胡に命じられると扇を下ろし左右に分かれて拝座の姿勢になった。

元の二人からは想像できないぐらい敏捷《びんしょう》で従順だった。

平常時の存在感は薄く、いることを忘れてしまいそうになるが、董胡の身が危険になると風のように現れて守ってくれる。

元の本人より数倍有能ではないかと思うのだが、これは二人が董胡を思う気持ちから派生した能力だということらしいので、感謝しなければならない。

束の髪を切ってもらわねばならなかったのに、茶民と壇々は快く応じてくれた。

最初どちらか一人と思っていたが、一人では心もとないという王琳の意見で、二人とも人柱になってもらうことにした。

「鼓濤様のためですもの。遠慮なさらないで下さい」

「人柱の間は寝ているだけでいいのでしょう？　それで食べる時だけ起きればいいなんて、最高ですわ。そんな暮らしに憧《あこが》れていましたの」

壇々の方はむしろ進んで引き受けてくれた。

そして二人の世話をするのは王琳だ。

王琳が人柱となって動けなくなるよりは、この形が最善だろうと決まった。

王琳ならば鼓濤のいない后宮《きさきぐう》でも、うまく取り仕切ってくれるだろう。

髪の束は一旦《いったん》翠明に渡して術を施したあと、半分だけ菫胡に返された。

この髪の束を持つ者が式神の主人となる。

これは肌身離さず、菫胡の懐の中にしまってある。

「そなた妙なものを連れてきたな。翠明の術か……」

尊武の言葉にどきりとした。

二人の式神は無表情だが普通の人のように見えるので、ばれないかと思ったのに。

しかも翠明の名まで出てくるとは。

やはり尊武は油断がならない。

「帝《みかど》はそなたが鼓濤であることは知らないのだろう？　それなのに翠明の術まで使って護衛させるとは、どういうわけだ？」

尊武は董胡とレイシの関係は知らない。

知らせるつもりなどない。

「いつも……薬膳《やくぜん》料理を出しているので……陛下は后宮の薬膳師としてご存じです」

「ふ……む。なるほど、お気に入りの料理人が心配ということか」

そこは意外にもあっさりと納得してくれたようだ。

「それで？」

「え？」

董胡は何を聞かれたか分からず、聞き返した。

「お前はどこの馬の骨なのだ？」

急にお前呼びになった。

后宮で会う鼓濤と違って、平《ひら》医官の董胡には相応の態度ということらしい。

「親父様は濤麗《とうれい》の娘だと信じているようだが、証拠でもあるのか？」

「…………」

どうやら尊武は、董胡が濤麗の娘というのも疑っているらしい。

「尊武様は……濤麗様にお会いになったことはないのですか？」

証拠というものがあるとすれば、濤麗と瓜二《うりふた》つだという容姿ぐらいだ。

濤麗に会ったことがある者は、確信を持つようだったが……。

「私の母上は濤麗のことを毛嫌いしていてね。息子の私に絶対近付いてはならないと命じていたのだよ。だから遠目に扇を持った姿を見たことぐらいしかないね」

尊武は濤麗を見たことがないのだ。

だから半信半疑なのだ。

ならばわざわざ濤麗の娘ですと自分から名乗るつもりはない。

「お館《やかた》様の勘違いだろうと思います。濤麗様にあまりに似ているから、そしてたまたまお館様の診療所で働いていた卜殷《ぼくいん》先生に養われていたから、鼓濤様だと勘違いされてしまったのです。そして先帝の崩御の時期と重なってしまったから、このように鼓濤様の身代わりとして嫁ぐことになってしまったのです」

「ふーん……」

尊武は頬杖をついて、菫胡をじろじろと見つめた。

「な、なんですか？」

嘘だと気付かれてしまったかと思った。

「いや……。濤麗というのは一目見た者は誰でも心奪われる絶世の美女だと聞いたものだからな。男装姿ではぴんとこないが……」

ぎくりとした。覆布をつけたままで良かった。

変に女装姿を想像されて、紫竜胆を思い出されたら困る。

「まあ……化粧をすればそれなりの美女にはなるのか……」

話題を変えなければと、董胡は以前から聞いてみたかったことを尋ねた。

「ところで濤麗様は……どのようにして亡くなったのでしょうか？」

ずっと亡くなったとは聞かされていたものの、その死にざまを話す者はいなかった。

尊武の表情が珍しく少し翳《かげ》ったように見えた。

しかし次の瞬間にはいつもの不敵な顔に戻り、なんでもないことのように告げた。

「濤麗は殺されたのだ」

「！」

「私は当時、七歳だったか……。濤麗とその娘が消えたと大変な騒ぎになっていたのを覚えている。屋敷中の従者が捜索に出てしまって、ずいぶん閑散としていた。しばらくして裏山を捜していた従者が濤麗の死体を見つけたと持ち帰ってきた」

こんな話をなんの感情もなく、尊武は淡々と話す。

翠明の作る式神よりも感情が欠落している人のように思えた。

「だ、誰に殺されたのですか？」

董胡は玄武公が殺したのではないかと思っていた。

だが裏山で死体が見つかったということは、違うのか。

「さてね。いまだに誰が殺したのか分からないらしい」

「分からない？」

「ああ、そうだ。すでに息絶えた死体だけが転がっていたそうだ」

「…………」

嘘をついているようには思えなかった。

「一緒に消えた娘はそこにいなかったのですか？」

「ああ」

尊武は昔を思い出すように続けた。

「濤麗と共に麒麟の医官がいなくなった。その者が連れ去ったのだろうと捜索が続けられたが、結局見つかることはなかった」

「麒麟の医官？」

「そうだ。濤麗が輿入《こしい》れに連れてきた専属医官だった。麒麟の神官でもあった貴族だ」

そういえば一緒に消えた貴族男性がいたと華蘭が言っていた。

「ではまさか……」

尊武は「ふ……」と楽しそうに笑った。

「濤麗と恋仲だったのだろうと囁《ささや》かれていたな。その者が娘を連れ去ったということは……まあ……そういうことなのだろうな」

「恋仲……」

ではト殷が鼓濤の父親ではないのか。

でもそれならどうして董胡は卜殷に育てられていたのか。肝心なところが分からない。卜殷さえ見つけられれば、きっと真実を知っているはずなのに。

「その麒麟の医官は見つからないのですか？」

「ああ。すでに娘共々どこかで野垂れ死んでいるのかもな」

尊武はそう信じているようだった。

その時の娘が生き延びている可能性の方が皆無だと思っているのだろう。

まして、平民の治療院で医師を目指しているなどあり得ない。

しかも今頃になって都合よく現れる方が不自然だ。

けれど、その不自然が起こってしまった。

董胡はすでに自分が濤麗の娘なのだと確信を持っている。

だが尊武は知らなくていい。

「どうだ？　なかなか劇的な話だろう？」

尊武はにやにやと言う。

「なんならお前も濤麗のまねをしてみるか？」

「え？」

董胡は訳が分からず聞き返した。

「道ならぬ恋。不義の子を身ごもる后。その相手が仮にも異母兄ということであれば、なお面白いと思わないか？」

「な！」

尊武はぐいと身を起こし、菫胡に顔を近付けた。しかし。

「………………」

気付けば、その尊武の顔を追いやるように両側から侍女二人の扇が現れる。

そして菫胡と尊武の間に体をねじ込むようにして入り込んだ。

そのまま無表情の幼い二つの顔が尊武を睨《にら》み上げる。

尊武は迷惑そうに二人の侍女に顔をしかめた。

「貴様ら……」

本体の方はまだ尊武に見初められる希望を捨てていないというのに、まさかこんな邪魔者役をさせられているとは思いもかけないことだろう。

これで尊武に見初められる可能性は限りなく皆無に近付いた。

后宮《きさきぐう》で留守番をしている二人に少しだけ申し訳なく思う。

だがこんな男に見初められても苦労するだけだろうから、よしとしよう。

尊武は呆《あき》れたように肩をすくめ、菫胡から離れた。

「まったく。翠明め。面倒な者を付けてくれたものだ」

だが、本人の意向とは違うものの、大活躍の侍女二人だった。

六、蒼玉の宮

特使団の行列は、歩いて進む神官に合わせてゆったりと麒麟領の青龍街を通り抜け、夕方には青龍領の蒼玉《そうぎょく》の宮に辿《たど》り着いた。

一部の荷車や従者は、そのまま南部の角宿《かくしゅく》に雲埆が建てた『雲埆寮』に向かうのだが、尊武をはじめとした医官達は、今宵は蒼玉の宮に泊まることになっていた。

青龍のために派遣された医師達を青龍公がねぎらいたいと、たっての希望で歓迎の宴《うたげ》が催されるらしい。

王宮に滞在していた青龍公は、この宴のために一足早く蒼玉の宮に戻り、歓待の準備をしていたようだ。

尊武の到着を待ち構え、一番良い部屋に案内するからと直々に出迎えた。

他の医師達は、宿泊棟に泊まるらしい。

董胡は牛車《ぎっしゃ》を降りると、覆布を付けて薬籠《やくろう》を抱えたまま玄武の医師に交じろうとした。

しかし、その襟を後ろから尊武に摑《つか》まれた。

「おい。どこに行こうとしている?」

「わ、私は玄武の医師の宿泊棟に……」

「お前はこっちだ」

尊武は自分と一緒に来いと顎《あご》で示した。

「この者は？」

隣に立っていた青龍公が首を傾げる。

「これは私の使部《つかいべ》のようなものです。私の近くに置きます」

尊武は董胡の首根っこを掴んだまま答えた。

「さようでございますか。お部屋には従者の控えの間もございますので、そちらをお使い下さい、尊武殿」

「ありがとうございます。龍氏殿」

勝手に使部にされて、否応《いやおう》なく連れていかれた。

蒼玉の宮は、青龍の后宮とよく似た造りで、柱も欄干も群青《ぐんじょう》に色付けられ、どこか男性的な印象を受ける宮だった。

大柄な衛兵があちこちに立っていて、行き交う侍女達も動きやすい衣装のせいか精悍《せいかん》な雰囲気を漂わせている。

青龍の侍女達は回廊を歩く時も扇で顔を隠したりしない。

扇で顔を隠すのは、よほど高貴な限られた姫君だけのようだった。

董胡の後ろについてくる茶民と壇々の式神は、うまく溶け込んでいて尊武の侍女だと思われているのか、誰にも気に留められることもなかった。

そもそも存在感が薄くて、誰の目にも入っていないのかもしれない。

長い回廊の脇には、蠟梅《ろうばい》が黄色い花をつけてまだ咲いている。

王宮よりも遅咲きなのか、回廊に添うように続く黄色の花道が美しい。

「こちらが尊武殿にお泊まり頂く離れのお部屋でございます。回廊でつながった小さな離宮のような造りですので、湯殿から御膳所まで個人で使って頂けるようになっています。女嬬や雑仕も自由にお使い下さい」

青龍公は側近らしき武官を引き連れて尊武の部屋まで案内した。

ずいぶん手厚くもてなしている。

「では、警護の武官を出入り口に置いていきますので、しばし旅の疲れを休めて下さいませ。後ほど宴の準備ができましたら呼びに参らせます」

「お心遣い感謝致します」

尊武もこういう時はそつなく応じている。

この外面の良さをいつか暴いてやりたいと董胡はうろんな目で見つめていた。

「おい、いつまでそこにいるんだ。入れ」

青龍公が立ち去ると途端に尊武は裏の顔に戻り、まだ部屋の外で立ったままでいる董胡に言った。

「私は……医師の宿泊棟に行きます」

「お前は馬鹿か。男ばかりの宿泊棟に寝泊まりするつもりか」

「尊武様と一緒の部屋よりは危険がないかと……」

「は。私がお前などに手を出すか！　牛車の中ではからかっただけだ。いいから入れと言っている」

尊武は董胡の腕を摑んで部屋の中に引っ張り込んだ。

広い部屋は厚畳の置かれた御座所に御簾《みす》まで垂らせるようになっていて、まさに一つの宮のようになっている。

屏風《びょうぶ》にも襖《ふすま》にも龍の絵が舞い、青絹のかけられた几帳《きちょう》が美しい。

ずいぶん尊武に気を遣ったのだなと、青龍公の意図が見えてくる。

「お前は皇帝の后なのだろう。医官の姿になると忘れてしまうのか」

尊武は呆れたように言う。

「私はずっと男装をして育ちました。麒麟寮でも男ばかりの中で医術を学んでいました。むしろこちらの方が自然なのです。宿泊棟でも問題ありません」

「…………」

尊武はしばし啞然《あぜん》としたものの、結局宿泊棟に行くことは許してくれなかった。

御座所の続きの間には御帳台のある寝所があり、その隣に小さな従者部屋があった。

董胡は式神侍女達と共にその部屋を使うことになった。

式神侍女達は横になって寝るわけではなく、存在感も薄いので狭さも感じない。

確かに宿泊棟で寝るよりは快適だ。

しかも湯殿や御膳所まであると言っていた。

さすがに尊武ほどの身分の者だと待遇が違う。

「おい。薬膳師なら茶でも出せ。気が利かぬな」

隣の部屋から尊武の声がする。

(この人と一緒じゃなかったら最高なのだけど)

董胡は心の中で悪態をつきながら、仕方なく御膳所に行って茶を淹《い》れて出した。

◆

日が落ちて宴の準備ができたと従者が呼びにきた。

離れの宮から本殿に向かって回廊を戻り案内された大広間には、すでに大勢の人々が膳《ぜん》を並べて座っていた。特使団と青龍の武官が向き合う形で並んでいる。

そして正面の一段高くなった厚畳に青龍公が座っていた。

青龍公の隣にもう一つ膳が置かれていて、それが尊武の席らしい。

「尊武殿。どうぞこちらへ」

青龍公は立ち上がって歓迎を体で示し、隣の席に手招きしている。

後ろについていた董胡は、今度こそ玄武の医師の中に交じろうとしたが、やっぱり尊武に首根っこを摑まれた。呼び止める時に首根っこを摑むのをやめて欲しい。

「お前もこっちだ」

「私は医師の席に……」

「使部のお前に膳などあるか。私の後ろに控えていろ」

「え……」

見ると、特使団の医師達は全員席についていて、余っている膳はない。

どうやら董胡は医師の一人としてではなく、本当に尊武の使部という扱いで特使団の名簿に入れられているらしい。

「私の身の回りの世話をするために連れてきたのだ。医師免状を取ったばかりのお前程度のものが医師として役に立つと思ったのか」

「…………」

言われてみればそうだけれど、言い方というものがある。

「いいから私のそばに座って使部らしくしていろ」

董胡はしぶしぶ尊武の後ろについていき、厚畳の横に控えた。

(私だって青龍の宴膳《うたげぜん》を食べてみたかったのにな……)

お腹もすいているが、青龍のご馳走《ちそう》というものに興味があった。

「さあさあ、お座り下さい、尊武殿。まずは一杯」

青龍公は尊武を座らせ、さっそく酒を勧めた。

ずいぶん大きな杯にとくとくと酒を注いでいる。

(顔の大きさぐらいあるな。あんな杯で酒を飲むのか？　すごいな)

尊武と青龍公だけなのかと思ったが、広間を見渡すと医師達の膳にも同じ大きさの杯が置かれている。これが青龍の標準的な杯の大きさらしい。

青龍公が尊武に酒を注ぐのと合わせたように、向かいに座る青龍の武官達が進み出て、医師の杯に酒を注いでいた。

(膳がなくて良かったかもしれない。あの杯で酒を飲まされたら、あっという間に酔いつぶれてしまうところだった)

若い医学生あがりの董胡は、酒は調味料としての味見ぐらいしか飲んだことがない。

一杯目は飲み干すのが流儀なのか、青龍の武官達は医師達が飲み干すのを待って返杯を受けている。

酒に慣れていない医師は、戸惑いながら四苦八苦して飲んでいた。

ふと横を見ると、尊武は涼しい顔で杯を飲み干している。

(酒も強いのか、この男は)

どうにも弱点が見当たらない。

朱雀では剣使いも巧《うま》かった。鍼《はり》を使った妙な技も持っていた。

(そういえば鍼を戦闘に使う罰当たりなやつだったな)

鍼は医師にとって患者を救うためのものであるはずなのに……。

医師の風上にも置けない。

思い出すと許せない思いが沸々と湧いてくる。

「いやあ、尊武殿は酒がお強いと見える。本当に気持ちのいい青年ですな」

「恐れ入ります。龍氏殿もどうぞ」

尊武は返杯にとくとくと酒を注ぐ。龍氏は慣れたように一気に飲み干した。

青龍人の間では、腕っぷしが強く酒も強い剛の者が尊敬される風潮があるようだ。

そっと尊武の膳をのぞくと、酒の肴《さかな》になりそうな料理が並んでいる。

「さあさあ、お料理もお召し上がりください」

龍氏に勧められ、尊武は小皿にいくつか取り分けると、董胡の方に差し出した。

「？」

董胡は驚きながら小皿を受け取る。

青龍公も怪訝《けげん》な顔で見ていた。

「私の使部は食いしん坊でして、腹がすいたとさっきから騒いでいたのです。少し分けてやろうと思いまして」

「な！」

そんなこと、一言も言っていない。ひどい濡《ぬ》れ衣《ぎぬ》だ。

「ははは。さようでございますか。尊武殿は従者にもお優しい方のようですな」

青龍公は感心したように肯《うなず》いた。

優しいどころか、とんでもない嘘つきだ。

「遠慮せずに食べよ」

「………」

予備の箸《はし》を渡され、董胡は仕方なく顔につけた覆布をめくり、ぱくりと頬張った。

(しょっぱい……)

酒に合うように塩辛い料理ばかりだ。

干物も漬物も、酒も飲まずに食べるには塩味が強すぎて喉《のど》を通らない。

しかし吐き出すわけにもいかないので、ごくりと飲み込んだ。

その様子をじっと見つめていた尊武は、にやりと笑って料理に箸をつけた。

そして気付いた。

(毒見をさせたんだ。なにが食いしん坊だ！　自分ばかりいい人ぶって、なんてやつだ)

知れば知るほど嫌なやつだった。

(仮にも皇帝の后《きさき》と知っていながら毒見をさせるなんて。毒が入っていて死んでしまったらどうするつもりだったんだ)

だが尊武なら、うまく誤魔化して自分だけは罪に問われないようにしそうだ。

(つまり私が死んでも痛くもかゆくもないということか)

改めて、董胡は気を引き締めた。

いざとなれば、尊武は董胡を盾にしてでも自分だけは助かるつもりなのだろう。

(自分の命は自分で守るしかないということだな。よく分かった)

やがて人々が酒をすっかり堪能《たんのう》した頃、料理人達が大広間に何か運び込んできた。

「さあさあ、今宵《こよい》の目玉料理の登場です。尊武殿」

青龍公が上機嫌に告げる。

そうして大広間の真ん中に置かれたのは、木の棒に吊《つ》るされた豚の丸焼きだった。

姿形を残したままの豚がこんがりと焼けて、まだ湯気が出ている。

そして、たすき掛けのたくましい体軀《たいく》の料理人が長い剣のような包丁を構え、目の前で豚を切り刻んでいく。隣国との戦で野宿の多い青龍ならではの名物料理なのだろう。

さらに野菜のぶつ切りと共に煮込んだ猪鍋《いのししなべ》、まるごと油で揚げた大魚などが運ばれてくる。豪快で大雑把な料理の数々だ。

青龍らしいといえば、とても青龍らしい。

「…………」

尊武は無言で目の前に並べられた料理を見ている。

考えてみればこの上品で雅《みやび》やかな尊武が豚の丸焼きを食べている姿はなかなか面白い。

料理人によって小さく切り刻まれてはいるが、目の前にはどんどん身を細らせていく吊るされた豚が顔をこちらに向けていた。

(ふふ。食べるのかな。青龍公が自信満々に出してきた料理だもの、食べないわけにい

かないよね)

董胡は横目で見ながら笑いを噛《か》み殺した。

「さあ、遠慮せずにお召し上がり下さい、尊武殿。お代わりもできますぞ」

「ありがとうございます……」

尊武はまたしても小皿に豚の身を取り分けている。

(これも毒見させるつもりか)

董胡は肩をすくめたが、渡されたのは豚の身がたっぷりのった大皿の方だった。

「お前は豚の丸焼きが大好物だったたな。いっぱい食べるがいい」

「え……」

「私はこの小皿で充分だ。遠慮するな」

ぐいと大皿を押し付けられた。

(……食べたくないんだ)

だからって、董胡が豚の丸焼きが大好物だなんて、勝手な嘘をつかないで欲しい。

「おやおや、そういうことなら、もう一皿お持ちしましょう」

青龍公は余計な気配りで料理人を呼び、尊武のためにもう一皿持ってこさせた。

「………」

尊武の顔から愛想笑いが消えている。

(ふふ。ざまあみろだ。全部私に押し付けようとするからだ)

董胡はほくそ笑みながら、覆布をめくり豚の身を一口頬張った。

なんともいえない大味だ。

豚を丸ごと形良く焼くことに気を取られ過ぎて、味付けなどどうでもいいのだろう。

ほぼ肉の味で、適当にぶっかけた塩が所々塊《かたまり》になって残っていてしょっぱい。

尊武は仕方なくぽそぽそと肉を頬張り、微妙な顔をしている。

猪鍋も揚げた大魚も箸で小さくつまんで、頭を抱えている。

「どうでございますかな？　我が青龍の名物料理のお味は」

満面の笑みで尋ねる青龍公に、尊武は無理やり愛想笑いを作った。

「豪快なお味に感服致しました。良いみやげ話ができました」

決して褒めていないようにも聞こえるが、青龍公は満足げに肯いた。

「気に入って頂けて良かった。ところで尊武殿はまだ妻子をお持ちでないとか？」

青龍公は唐突に尋ねた。

「ええ。長く外遊をしておりましたゆえ、妻を娶《めと》る暇がございませんでした。父上にもいい加減に身を固めるように再三言われております」

「なるほど。確かに王宮でもほとんどお見かけすることがございませんでしたな」

青龍公はうんうんと肯いてから、続けた。

「実は私には二人の娘がいるのですが、良かったらお会いになって頂けませんかな」

そういうことか、と董胡は合点がいった。

やけに下手に出て尊武に取り入るような様子だったが、玄武との縁組を目論《もくろ》んでいたのだ。

「龍氏殿の姫君は……まだ幼いのではなかったですか？」

尊武が尋ねる。

そういえば青龍の后・翠蓮は、龍氏の娘がまだ幼いから皇帝の一の后は氐家《ていけ》から養子をとることになったと言っていた。

「上の姫が先日十二歳になりました。今のうちに話を決めて皇帝にお許しを頂き、輿入《こしい》れの準備などをしていましたら、気付けば良い年頃になっていることでしょう」

いやいや、準備に二年かかったとしても十四じゃないか、と董胡は思った。

しかし貴族の嫁入りでは普通なのか。

姫君の年頃よりも、両家の縁組の時期の方が重要なのだろう。

青龍は玄武と今すぐ縁組をしたいのだ。

玄武公は白虎公とは懇意にしているようだが、青龍公と朱雀公とはさほどの仲ではないと聞いたことがある。朱雀は朱璃の話では、数年後にまた血筋が変わると言っていたし、現在の朱雀公と懇意にしても利は少ない。

だが青龍公は、現在の龍氏が盤石《ばんじゃく》のようだ。

玄武にとっても悪い話ではない。けれど……。

（レイシ様にとってはどうだろう。玄武と青龍の関係が深くなると……）

ますます玄武を御《ぎょ》し辛《づら》くなりそうだ。

（尊武様はどうするつもりだろうか）

董胡は尊武の顔を窺《うかが》い見た。

「ふ……む。なるほど……」

大して興味がなさそうに大魚の身をほぐしている。

「も、もし幼い娘を好まれないようでしたら、私の歳の離れた妹もおりますがいかがでしょう？　二十五歳で尊武殿と年の頃も同じぐらいでございましょう」

青龍公は気乗りしていないと思ったのか、慌てて付け足した。

「二十五歳でまだ嫁いでおられないのですか？」

こちらは貴族女性としては晩婚過ぎる。

龍氏には残念なことに、尊武に釣り合う年齢の姫君がいないらしい。

「え、ええ。許嫁《いいなずけ》となっていた者が前の戦で亡くなりまして。そのまま嫁に行かず家に残っているのでございます」

戦で命を落とすことは、青龍では珍しいことではないようだ。

「まだその許嫁に心が残っているのでしょう。私に嫁ぐことに納得するでしょうか？」

やっぱり尊武は興味がなさそうに魚をほじっている。

「も、もちろんです！　尊武殿が気に入って下さったのであれば、なにがあっても納得させます。それが貴族の娘の務めだということは分かる娘でございます」

「ふ……。物わかりのいい姫ならありがたい」

「おお！　まことでございますか？　では話を進めてもよろしいですか？」

青龍公は破顔して喜んだ。

「まずは父上に相談してみましょう」

「では、明日にでも妹にお会い下さいませ。離れの宮にご挨拶《あいさつ》に伺わせます」

青龍公は何がなんでも尊武の正室を身内から出したいらしい。しかし。

「いや、結構です」

尊武は姫君の挨拶をあっさりと断った。

「姫君にお会いして縁談が決まるわけでも、破談になるわけでもありません。話がまとまらなかった時に、ご自分の容姿や振る舞いのせいだったと姫君が思われても気の毒だ。会うことはかえって禍根《かこん》を残すことになりましょう」

姫君のためのように言っているが、たぶん会うのが面倒なのだろう。

「その心配には及びません。我が妹は、青龍でも一二を争う美姫《びき》と言われております。お会いになれば、きっと尊武殿も気に入ることと思います」

青龍公は妹姫の容姿に自信があるようだった。

「ならば尚更《なおさら》、会わない方がいい。私は姫君の美醜で妻を決めるつもりはない」

「…………」

青龍公としては、美姫の妹に会わせることで尊武の気持ちをまず摑《つか》み、縁談を確約させたかったのだろう。つかみどころのない尊武に戸惑っているようだった。

(政略結婚とはいえ、妻の容姿は気になるものではないのか?)

そう思ったが、この尊武が美姫に心奪われ、損得なしに縁談を決めるとは思えない。妻にすることに充分な利があると見極めてから決めるのだろう。

普通の男ならば、高貴な美姫と聞けばとりあえず会ってみたいと思うだろうが、この尊武にはそういう隙もないらしい。

(弱点がないのか、この男は)

黎司には無茶をするなと言われてきたものの、せっかくなら尊武の弱点ぐらい摑んでやろうと思っていたが、今のところ有効なものは見当たらない。

「は、ははは。さすがは玄武のご嫡男であられる。ご自分の縁組がどのような意味を持つのかよく分かっておられますな。では、お父上の亀氏殿に私の方からもお話をさせて頂きましょう。亀氏殿にとっても決して悪い話ではないはずです」

龍氏はこのつかみどころのない尊武よりも玄武公の方が御しやすいと思ったのか、あとは他愛もない話に終始して、宴《うたげ》は夜半に終焉《しゅうえん》した。

◆

「野蛮人の食べる料理だな」

部屋に戻って開口一番、尊武はため息をついて呟《つぶや》いた。

「あんなまずい物を、よく食えるものだ」

董胡も美味《おい》しいとは思わなかったが、ひどい言い様だ。

よほど料理が気に入らなかったのだろう。

「おい、何か作れ」

尊武はだしぬけに董胡に命じた。

「え? 今からですか?」

もう夜も遅い。それに董胡は大皿で渡された豚の丸焼きでお腹いっぱいだった。

尊武は結局ちまちまと箸《はし》でつつくだけで、ほとんど食べていなかったらしい。

「薬膳師だろう。夜半に食べても胃もたれしない美味しい物を作れ」

無茶を言う。

「食材がありませんよ」

「私の夜食を作ると言って本殿の厨房《ちゅうぼう》からもらってくればいい」

なんでも簡単に言う。

「そのために連れて来たのだ。さっさと行ってこい」

まったくもって人使いが荒い男だ。

尊武の方こそ、医官姿になった董胡が仮にも皇帝の后《きさき》だということを忘れている。

だが、青龍の厨房に興味があったので素直に応じることにした。

特使団長の尊武の使部だと言うと、思ったよりも簡単に厨房まで入ることができた。

広い土間には大きな竈《かまど》が並び、大鍋《おおなべ》が重ねて置いてある。

下働きの者達が忙しそうに行き来して宴の後片付けをしているようだ。

調理台にはさっきの豚の丸焼きの残骸《ざんがい》が残っているだけだった。

だが土間の脇に、籠《かご》に入った野菜類が並んでいた。

「豚肉と野菜を少し頂いても良いですか？」

董胡は、さっき豚を切っていた料理人を見つけ、頼んでみた。

「ああ。尊武様のご要望なら何でも聞くように言われている。夜食をご所望なら俺が作って差し上げようか？」

「い、いいえ。食材だけ頂けたら、薬膳料理に致しますので」

また豪快な料理を作られても尊武の口には合わないだろう。

「薬膳料理？　玄武は料理にまで薬を入れるのか。まずそうだな」

「はあ。まあ……」

玄武人にとっては青龍の豪快料理は口に合わないが、青龍人にとっても玄武の薬膳料理はまずいのかもしれない。

「まあいい。好きなものを持っていきな」

気前よく言われ、董胡は籠の中を物色する。

見慣れた野菜もあるが、見たことのない野菜もあった。

特に籠に盛り上がるように入れられた奇妙な緑の野菜に目を引かれた。

「これは何ですか？」

「なんだ。芽花椰菜《めはなやさい》《ブロッコリー》を知らないのか？」

「芽花椰菜？」

「青龍では冬に一番よく食べる野菜だ。うまいぞ」

「これが？」

なんだか緑の細かい蕾《つぼみ》のようなものがぎっしり凝縮していて気味が悪い。

「青龍人の主食は芽花椰菜と鶏肉だ。これが最高だ」

料理人は言って、豪快に「がはは」と笑った。

「そ、そうなのですね」

興味はあるが、玄武で見かけない野菜を出しても尊武は嫌がるだろう。

董胡は普通の青菜と白菜を選んで、豚肉を少し切り取ってもらった。

それからついでに、その芽花椰菜というのも研究用に一株もらってみた。

「ほとんど食材も残っていませんでしたので、お口に合うか分かりませんが……」

董胡は言いながら小さな膳《ぜん》を差し出した。

夜食なので、離れの御膳所にあった米で粥《かゆ》を作り、白菜と豚肉の薬膳汁椀《しるわん》と、青菜と豚肉の炒《いた》め物だけだ。

「貧相な料理だな」

尊武は膳を眺めて不満そうにため息をついた。

「嫌なら食べなくて結構です」

こっちだって作りたくて作ったわけじゃない。

「ふん。無いよりましか」

尊武は言って匙《さじ》を手にとり、粥を一口食べた。

王宮から持ってきた干し椎茸《しいたけ》を刻んで入れただけの薄味の粥だ。

「…………」

相変わらず美味《うま》いともまずいとも言わず、無言で食べている。

次に汁椀を手に取った。白菜と細切れにした豚肉に乾姜《かんきょう》を少し入れている。干した食材や調味料をいろいろ持ってきていて良かった。

味の染みた白菜を嚙《か》みしめながら、相変わらず無言だ。

それから青菜と豚肉の炒め物を箸でつまむ。

塩と黒酢とはちみつで味付けし、片栗粉で味をしっかり絡ませている。

「…………」

尊武は黙々と料理を口に運び、気付けば完食していた。

(食べっぷりはいいんだよね)

少し足りなかったのかと思うぐらい、あっという間に食べ切ってしまう。

「まあ……貧相な見た目のわりに悪くない」

ただし、いつもろくなことを言わない。

なんでこんなやつに作ってしまったのかと、毎回後悔する。

「では膳を下げて、もう休んでもよろしいでしょうか？」

さすがに疲れた。もう眠い。

「ああ。どうぞ。さっきからお前の侍女達が目を三角にして睨《にら》みつけているしな」

「え……」

存在感が薄くてすっかり忘れていたが、董胡の後ろに茶民と壇々の式神が控えていた。

尊武と二人になると警戒心を高めて現れるらしい。宴の間はまったく見かけなかったが、いざとなったらどこからか現れて守ってくれるのだろうか。

「ありがとうね、二人とも」

董胡の言葉にも無反応で何も話さないが、二人の存在が心強かった。

(茶民と壇々をこれほど心強いと思ったのは初めてだな)

少しおかしくなって口元がほころんだ董胡だったが、その時……。

「！」

急に尊武が立ち上がり、腰刀を引き抜いた。

まさかこの場面でいきなり殺されるのかと青ざめた董胡だったが、式神侍女達も胸元の懐剣を取り出し、尊武の前ではなく廊下の方を向いた。

「誰だ！」

尊武も同じく廊下に向かって叫ぶ。

「…………」

その時になって、廊下に人の気配がすることに董胡はようやく気付いた。

尊武と侍女達は、廊下に曲者《くせもの》の気配を感じて動いたのだ。

やがて廊下から、か細い女性の声が聞こえた。

「お館《やかた》様より、尊武様がよくお休みになれるようにお世話をするよう言いつかりました」

「…………」

どうやら青龍公が差し向けたらしい。

「入ってもよろしいでしょうか？」

返事も待たずに、ゆるりと襖《ふすま》が開く。

そこに手をついて座っていたのは、薄絹の肌着を身につけただけの、たおやかな女性だった。月明りに照らされて、なんともなまめかしい。

女性は少しだけ顔を上げ、ちらりと董胡に迷惑そうな視線を送った。

董胡は、はっと気付いて立ち上がった。

「あ、私はもう寝ますので……」

慌てて立ち去ろうとする菫胡の首根っこを再び尊武に摑《つか》まれた。

「ちょ……。なんなんですか！　誰にも言いませんから放して下さい！」

「変な誤解をされても気分が悪い。ここで少し待っておけ」

尊武は言うと、女性の側に行って見下ろした。

「せっかくだが私は疲れている。だがこのまま帰っては立場がないのだろう。その辺で時間つぶしをして戻るがいい。龍氏には尊武を大いに満足させたと言っておけ」

「………」

女性は驚いたように尊武を見上げている。

「分かったらさっさと行け」

女性は慌てて立ち上がると、頭を下げて回廊の方へ消えていった。

姿が見えなくなったのを見届けると、尊武は襖を閉めてため息をついた。

「良かったのですか？　私なら別に誰かに告げ口したりしませんけど」

「は！　冗談じゃない。龍氏の差し向けた女など誰が抱くか。つまらぬ女を抱いて余計な弱みを握らせるほど女に飢えてなどいない」

「………」

どこまでも隙のない男だと菫胡は肩をすくめた。

（酒も女も、どこにも弱みがない）

つくづく手ごわい男だ。

「蒼玉の宮に寄っていけとしつこく言うから何かあるのだろうとは思ったが、これが青龍の宴《うたげ》の真のもてなしなのだろう」

貴族男性の付き合いなんて董胡は知らなかったが、こういうことはよくあるらしい。

「せっかくだからもてなして頂けば良かったのではないですか？」

ため息をついて告げる董胡に、尊武はにやりと微笑んだ。

「お前は他人事《ひとごと》のように言っているが、このもてなしが私だけだと思うのか？」

「え？」

董胡は首を傾げた。

「龍氏は私の縁談を取り付けるために宴を催したのではない。それはどちらかというとついでだ。本当の目的は、特使団の面々を懐柔して、雲埆の不正から龍氏の痕跡《こんせき》を消して欲しいのだろう。龍氏には何の関わりもなく、雲埆が勝手にやったことだと、医師団に証明して欲しいのだ」

「では……」

そのために宴を開き、医師団をもてなしたということか。ならば……。

尊武は肯《うなず》いた。

「おそらく、今頃医師団の部屋にもそれぞれ女が差し向けられていることだろう」

「な！」

「お前が宿泊棟に寝ていたら、お前の許《もと》にも女が来たということだ。一人前の医師の扱いを受けるとはそういうことだ。分かったか」

「…………」

さすがの董胡も夜這《よば》いのようなことをされたら焦っていただろう。

強引な女性に寝込みを襲われて、女だとばれていたら大変なことになっていた。

尊武のおかげで命拾いしたということか。

悔しいけれど、董胡はそこまで考えが及んでいなかった。

それらをすべて見越して、使部として董胡をそばに置いたのなら、やはり尊武は相当な切れ者だ。

この旅でなにか弱点を見つけてやろうと思っていたが、そんな簡単な相手ではない。

「分かったら、使部らしく私の世話をすることだ。明日は私が起きる前に朝食を作っておけ。だからもう寝ろ」

「…………」

だが単に料理を作れる使部が欲しかっただけのようにも思える。

どうにもつかみどころがない。

ただはっきり分かるのは……。

嫌なやつだということだけだった。

七、角宿へ

朝食は離れの部屋に大きな膳《ぜん》が届けられたが、菫胡は大味の豪快な料理を作り直して尊武に出した。ついでに御膳所で米を炊いて、むすびを幾つか作っておいた。

「途中で小腹がすくかもしれないしね」

それから昨日一株分けてもらった芽花椰菜を手に持って眺めた。

大きな緑の笠《かさ》に、茸《きのこ》の軸のような茎がついた不思議な形の野菜だ。

「これは……どうやって料理するものなんだろう？　生でも食べられるのかな？」

緑の花蕾《からい》を一房ちぎって食べてみるが、別に美味《おい》しくはない。

「とりあえず、このまま持っていくか」

そうして朝食を済ませ旅の準備を整えると、蒼玉の宮を出発することになった。

◆

「ゆうべはよく眠れましたかな？」

青龍公は特使団を見送りにやってきて、尊武に意味深に尋ねた。

尊武の許に来た女性から、大いに満足させたと聞いているのだろう。

「ええ。龍氏殿のおもてなしのおかげで快眠できました」

「それは良かった！」

尊武の返答に青龍公は破顔して喜んだ。

「医師団の皆様もよくお休みになられたようだ。もてなした甲斐《かい》がありました」

医師団の面々は気まずそうに目をそらしている。

やはり昨晩、医師団の許にも女性が差し向けられたようだ。

「ここから角宿までの道のりも、皆さまが快適に過ごせるように最高の宿を手配しております。どうか青龍の医術の発展のために、よしなにお願い致します」

よしなにというのは、要するに余計なことを暴くなという意味のようだ。

「もちろんです。龍氏殿に不都合なことのないよう尽力致しましょう」

尊武は愛想笑いを浮かべて請け合った。

「おお。さすが尊武殿だ。あなたのような方とは、今後も縁を深めていきたいものです」

龍氏はうまく尊武と医師団を陥落したと、満足げに一団に手を振って見送った。

「青龍公の言いなりになるつもりですか？」

牛車《ぎっしゃ》に乗り込んで尊武と二人になると、董胡は尋ねた。

二人といっても、董胡の背後には存在感の薄い侍女二人が控えている。

「わざわざ余計なことを暴く必要もないだろう」

尊武は脇息《きょうそく》に頰杖《ほおづえ》をついて牛車に揺られながら答える。

「でも青龍公の罪を誰かが代わりにかぶることになるかもしれません」

おそらくは雲埆がすべてかぶることになるのだろうが。

「雲埆はどうせ死罪だ。この上、どれほどの罪を上乗せしようと死罪以上のものはない。ならば罪を全部かぶせてしまえば良いだろう。なんの問題がある」

「雲埆は確かに大罪人ですが、だからといって人の罪までかぶるのは無念でしょう？」

「無念？」

尊武は呆《あき》れたように聞き返した。

「罪人の無念などどうでもいいだろう。そんなもののために龍氏の罪を暴いて誰が得をするというのだ。龍氏が罪に問われれば、青龍は医術ばかりか武術まで混乱する。その混乱で多くの青龍の民が余計な被害を受けることになるのだぞ」

「それはそうですが……」

「まあ……青龍を混乱させたいならそれもいいだろうが」

「！」

にやりと微笑む尊武に、董胡は朱雀のことを思い出した。

尊武は、朱雀を怪しい金丹《きんたん》で混乱させようとしていた若君だ。

玄武以外の領地を混乱させたいのなら、これは絶好の機会になる。

「まさか……青龍を混乱させるつもりで……」

尊武は特使団の団長を引き受けたのかと思った。

しかし尊武は肩をすくめる。

「ふん。それこそ玄武に何の得があるのだ。青龍の武術を敵に回して良いことなど何もない。むしろ味方にすれば、これほど心強いことはないだろう」

尊武は朱雀の芸術は必要としていない。

けれど青龍の武術は欲しいらしい。

「龍氏の弱みを握っているうちに、懐柔されたふりをして有利な取引をするのが玄武にとって得策だろう」

「有利な取引……。青龍に麒麟寮を建てることが有利になるのですか？」

董胡は尋ねた。

「麒麟寮と交換に、麒麟武道場を玄武に建てることになっている」

「麒麟武道場……」

董胡はそこまで詳しい話は聞かされていなかった。

「親父様が喉《のど》から手が出るほど欲しがっていた武術だ。麒麟武道場が建てば、公明正大に玄武に武術を広めることができる」

「玄武に武術を……？」

玄武が武術を手に入れてしまったら、どうなるのだろう。

ますます強大になって五行の均衡が崩れるのではないのだろうか。

「ま、そのために必要とあれば、龍氏の妹が美姫《びき》だろうが醜かろうが娶《めと》るさ。子を産ませ盤石な縁を作るのも悪くない」

この人にとって、他人とは盤上の駒でしかないのだ。

自分にとって有利な存在かどうか。

そのためだけに動いている。

玄武公もそういえば、そんな人だった。

この親子にとって、他人の感情などどうでもいい。

雲換が無念であろうが罪を上乗せし、龍氏の妹が死んだ許嫁《いいなずけ》に心を残していようが子を産ませる。

自分の思い通りに動く駒としか思っていない。

そうして、何を目指すのだろう。

董胡は尊武を真っ直ぐ見つめ、尋ねた。

「あなた達親子はそうやって何もかも手に入れて……伍尭國を乗っ取るつもりですか？」

玄武公はずっと、黎司の弟宮を皇帝にしたがっていた。

弟宮を帝《みかど》にして、思い通りに動かしたいのだろう。

その先に見ているのは、伍尭國の支配なのか。

「ふ……」

尊武は吐息を漏らしてから笑い出した。

「ははは。伍尭國を乗っ取るだと？　はははは」

「な、なにがおかしいのですか！　だって話を聞いていると、そういうことでしょう！」

董胡は尊武に笑われて、むきになって言い返した。

「一つ、いい事を教えてやろう」

尊武は身を起こし、董胡を楽しそうに見つめた。

「親父様と私の目指すものは同じではない」

「え？」

玄武公と尊武は一枚岩ではないのか。

別々の目的で動いているということなのか。

「親父様は確かに……伍尭國の支配を目論《もくろ》んでいるのかもしれないな」

尊武はそう言って肩をすくめた。

「だが……無理だろう」

「無理？」

「そなたも帝に会ったことがあるのだろう？　親父様と帝では格が違う。いまだにそれに気付かず、弟宮を擁立《ようりつ》しようと企《たくら》んでいる段階で、勝敗は見えている」

「な……」

まだまだうつけの皇帝と思い込んでいる貴族が多い中で、尊武が黎司のことを高く評価していることにも驚いたが、それ以上に玄武公に対する低評価に驚いた。

そんなことを言ってしまっていいのか？

自分の父である玄武公をそこまでこき下ろすとは思わなかった。

「玄武公が嫌いなのですか？」

父に対する尊崇の念はまったく感じられない。

「好きとか嫌いとか、そんなつまらぬ判断基準を持つから周りが見えなくなるのだ」

「判断基準？」

言ってから気付いた。

(そうか。尊武様には好きも嫌いもないんだ。あるのは、損か得か。自分にとって役に立つかどうか。それだけが判断基準なんだ)

親子の情だとか、玄武だとか青龍とか、そんなものさえどうでもいいのかもしれない。

今の自分に有利かどうか。それだけが判断基準になっている。

(もしかして尊武様は、他人に対して好きも嫌いも感じたことがないのかもしれない)

話を聞いていて、そんな風に思った。

「親父様も……昔はもう少し器の大きい人間だったのだろうが……濤麗に出会って、つまらぬ人間になった」

突然濤麗の名前が出て、董胡は目を見開いた。

「濤麗様に出会って？」

「いまだに濤麗の亡霊を追いかけるちっぽけな男だ。私はそんなちっぽけな男が目指すものに興味などない」

「では……何を目指して……」

董胡はごくりと唾《つば》をのんで尋ねた。

（この男が目指すものは何なんだろう）

しかし尊武はにやりと笑って告げる。

「子供に教えられるのはここまでだな」

「な……」

肝心なところで話を切り上げられてしまった。そして、もう話すつもりはないらしい。

だが少なくとも、今回の特使団の任務は自分に利のあることと思っているようだ。

この先、尊武が目指すものが黎司にとって有利なものか不利なものか分からないが、とりあえず今回は真面目に任務を遂行するつもりだということは分かった。

それだけでも良しとしよう。

「しゃべり過ぎて腹が減ってきたな。むすびを作っていただろう。出せ！」

さっき朝餉《あさげ》を食べたばかりなのに、もう腹がすいたらしい。

そして董胡が自分用に作ったむすびを出すと、無言で全部平らげてしまった。

◆

角宿は青龍の東南に位置していて、蒼玉の宮から三日かかった。

途中に見える風景はほとんどが田畑だが、少し栄えた町並みには青い柱や屋根が目立ち、青龍らしさを感じる。家々は平民の家でも堅固な造りで、外敵に備える物々しさがあった。そして道々には今の季節、黄色い蠟梅《ろうばい》と真っ赤な椿の花が美しい。

途中に寄った宿屋は、その地で一番大きい宿屋で特使団の貸し切りになっている。

といっても部屋があるのは尊武と医師達だけで、その他の従者や武官は野営していた。

武官達は野営に慣れているようで、たき火を囲んで豪快な料理を食べている。

そして宿屋に泊まった董胡達に出される料理も豪快だった。

「なんだこれは……」

尊武は唖然《あぜん》として言葉をなくす。

尊武の特別室に運ばれてきたのは大皿いっぱいの緑野菜だった。

それと鶏の足の骨付き肉だ。こちらも大皿に山盛りになっている。

小鉢の料理もあるが、ほとんど酒の肴《さかな》のようなもので、腹を満たすのは米と緑野菜と骨付き肉というのが青龍の宿屋の定番らしい。

「これは……」

緑の野菜はよく見ると、菫胡が蒼玉の宮で分けてもらった芽花椰菜だった。

そういえば、料理人が青龍の冬の食事は鶏肉と芽花椰菜だと言っていた。

どうやって食べるものなのかと思っていたが、小さな房に切り分けて茹《ゆ》でてあるだけのようだ。

「芽花椰菜と言うようですよ。青龍の冬の名物料理だそうです。尊武様は外遊で青龍には来られなかったのですか？」

「青龍は夏に来た。冬の青龍には来たことがない」

「では尊武様も食べたことがないのですね」

菫胡は言いながら、大皿にてんこ盛りになった芽花椰菜を興味津々で眺めた。

「食ってみろ」

尊武に命じられて、菫胡はさっそく一房箸《はし》でつまんでみた。

房に分けても葉をつけた小さな木のような面白い形をしている。

茹でると緑が鮮やかになって、生のものより気味の悪さがなくなった。

ぱくりと頬張って、もぐもぐと嚙《か》みくだく。

「…………」

「どうなのだ？　美味《うま》いのか？」

尊武は窺《うかが》うように菫胡の表情を見て尋ねた。

「……。あまり味はしません。野菜の甘みを少し感じる程度です」

塩を入れて茹でたのか、ほんのり塩味もするが味というほどではない。

尊武は食べる気が失せたのか首を振って骨付き肉を指さした。

「こっちを食ってみろ」

なんなのだろう、この男は。

仮にも皇帝の后《きさき》に食ってみろ、食ってみろと失礼過ぎる。

だが、お腹もすいていたので骨付き肉を手に取った。

箸でつまめる大きさではない。

ちょうど持ち手になるような骨がついていた。

平民育ちの董胡は村の祭りなどで骨付き肉を食べたこともある。ご馳走《ちそう》だった。

顔の覆布を横にずらして、手に持った肉にぱくりと豪快にかじりついた。

こちらはしっかり味がついている。つき過ぎている。

そして分かった。

「そうか！　この芽花椰菜と交互に食べればちょうどいい感じになります」

骨付き肉をかじってから、芽花椰菜を一房食べるとちょうどいい味になる。

「うん。交互に食べれば美味《おい》しいですよ。尊武様も召し上がってみて下さい」

董胡は骨付き肉と芽花椰菜を両手に持って、ぱくぱくと食べ進める。

「…………」

しかし尊武は呆《あき》れたように頭を抱えている。

「お前は……皇帝の后だということを完全に忘れているだろう」

「そちらこそ忘れていますよね」

もはや鼓濤の面影を感じさせるものはどこにもない。

「私は平民育ちのお前とは違う。こんな野蛮なものを食べられるか！」

美味しそうにぱくぱくと食べる董胡の前で、尊武はいらいらと言う。

（そうか。酒も女も、弱点なんて何もないと思ったけれど、空腹は苦手らしいな）

さほど大きな弱みでもないが、腹がすくといらいらするようだ。

ちょっと楽しくなってきた。

「食べないなら私が全部食べますよ？　こんなに美味しいのに勿体《もったい》ないですからね」

腹がすいていらいらする尊武に、これみよがしに見せ食いしてやることにした。

料理の作れる董胡を特使団に入れてまで連れてくるぐらいだから、尊武にとって食事は重要なのだろう。董胡を連れてきたのは何かの策略か嫌がらせかと思っていたが、ただ単に料理のできる側近を連れて来たかっただけなのかもしれない。

いつも澄まし顔の尊武が、どんどん不機嫌になっている。

（ふふふ。いつも命令ばっかりして威張っているからだ。いい気味だ）

「おい！　なんとかしろ！　私が食べられるように料理し直せ！」

「無理ですよ。ここは蒼玉の宮と違って御膳所もないのだし」

無茶なことを言う。

「薬膳師だろう！　何か方法を考えろ！」

「もう……。わがままなんだから……」

薬膳師という言葉を持ち出せば、言うことを聞くと思っている。

「は？　何か言ったか？」

「いえ、分かりましたよ」

董胡は仕方なく鶏肉を骨からこそげ取り、小さくちぎって小皿にのせた。

芽花椰菜もなるべく小さく裂いて、鶏肉とからめる。

「これなら食べられるでしょう？」

できた小皿を尊武に差し出した。

尊武は不機嫌に食べ切ると、空になった小皿をぬっと突き出す。お代わりらしい。

「もう……。なんなんですか……」

仕方なく、また鶏肉と芽花椰菜をちぎってからめてから尊武に差し出す。

そして食べ切った小皿を突き出す……というやり取りを十回ほどしてようやく満腹になったらしい。

(食いしん坊の子供か！)

角宿までの宿屋で同じことを繰り返しながら、ようやく一団は目的地に辿《たど》り着いた。

◆

蒼玉の宮を出て三日目にして、角宿にある『雲堳寮』に到着した。

思ったよりも大きな医塾で、付属するように『雲堳診療所』があった。

広い中庭に診療所と医塾の人々が拝座の姿勢でずらりと並んで特使団を出迎える。

董胡が学んだ斗宿の麒麟寮と同じぐらいの人数の医生がいるようだ。

ただ見渡す雰囲気は違っていて医生といえども筋骨たくましく、髪形は玄武のような角髪《みずら》ではなく、若い武官と同じ短髪の者が多い。

服装だけは武官のものと違って青い袍服《ほう》のようなものを着ているが、腰に刀剣を佩《は》いている。貴族以外は帯刀できない玄武とは違う。

「お待ちしていました。尊武様」

先頭で出迎えたのは、白髪の年老いた人物だった。

後ろに数人、医師らしき人々が並んでいる。

「こちらの医塾で名誉師範として籍を置いていました、伯生《はくせい》と申します」

「名誉師範？」

そんな役職は玄武にはない。

雲堳が勝手に作っていたのだろう。

「私は若い頃に雲埆殿と共に麒麟寮で学び、正規の医師免状も持っております。されどこのように年を取り、今は医術から離れ、若い医生の相談役などをしておりました」

まだ玄武が他領地の医生に麒麟寮の門戸を開いていた時代の人だった。

「ここには……あと二人、玄武の私塾で学び医師免状を持っている者がいますが、他は雲埆殿の出した医師免状を持つ者しかいません」

正規の医師免状を持つのは三人だけだった。

中庭に拝座している百人ほどの人々は、前方にいる医師らしき服装の人もみんな正規の医師ではない。勉強途中の塾生ということになる。

若い医生はいいが、すでに医師として働いていた熟年の者達からは不満げな様子が伝わってくる。

「ここにいる者達は純粋に医術を学びたいと各地から集まった医生と、青龍の医術の発展のために尽くしたいと集まった元医師ばかりです。皇帝に背くつもりも、玄武の医術を貶《おとし》めるつもりもありません。それゆえ雲埆殿が作った各地の治療院や医塾が閉鎖されても、こうして逃げることもせずにここに集まってきたのです。どうか寛大な処分を、どうぞよろしくお願い致します」

伯生は年老いた体で、尊武に深々と頭を下げた。

尊武は伯生を見つめ、中庭に並ぶ人々をざっと見渡した。

「ふむ。ならば、すべての企《たくら》みは雲埆一人がやったということで良いのだな？」

尊武が尋ねると、中庭の人々がざわついた。

「そ、それは……」

伯生は青ざめた顔で言いよどむ。

「みな、雲埆に騙《だま》されていたと、そういうことで良いのだな？」

畳みかけるように尊武は尋ねた。

伯生は苦渋の表情を浮かべたものの、決心したように顔を上げた。

「はい……。雲埆殿一人が企んだことでございます。ここにいる者達は何も知りませんでした」

そんなはずがない……と董胡は医師団の後ろに並びながら思っていた。

董胡だけでなく、ここにいるすべての人が思っているはずだ。

けれど、きっとこのやり取りは前もって筋書きが決まっていたのだろう。

尊武が問いかけ、伯生がそうだと答える。

それですべては丸くおさまる。

あとは、この『雲埆寮』を『麒麟寮』の看板に付け替えて、連れて来た医師団によって体裁を整える。何人かの医師はそのままここに残り麒麟寮の教師として赴任することになっていると聞いた。

医師として働いていた者達も、一旦《いったん》ただの医生に戻りこの麒麟寮で学び玄武と同じ試験を受ける。そして合格した者だけが再び正式な医師として働けるのだ。

雲堝寮で免状を取った医師達にどの程度の学力があるのか分からないが、長く座学から離れて治療院で働いていた医師には厳しい試験となるだろう。

だが、医術の質を落とさないためには仕方がない。

それは青龍公も納得しているようだ。

しばらくまともな医師がいないことになるだろうが、青龍で医師が育つまでは玄武からの派遣医師に頼る以外にない。

青龍が玄武に建てる『麒麟武道場』にどの程度の力量の武官を派遣してくるのか、その絶好の取引材料になるのだろう。

よくよく尊武はうまいことを考えたものだ。

決して玄武の損にならないようにしている。

早くも一件落着と思ったその時……。

「嘘だ！」

中庭に居並ぶ人々の中から声が上がった。

「！」

壮年の医師らしき男が立ち上がって叫んだ。

「雲堝先生が一人で企んだなんて嘘だ！　みんな知っていた！　みんな分かっていて雲堝寮で学び、医師免状を取ったのだ！」

男の言葉に勇気を得たのか、その周りの十人ほどが一斉に立ち上がった。

「そうだ！　雲埆先生は青龍の医術のために尽くして下さった！」

「それなのに、都合が悪くなるとすべて雲埆先生のせいにするのか！」

「伯生！　お前は雲埆先生を妬《ねた》んでいたんだろう！」

「成功をおさめる雲埆先生の陰で隠居に追いやられ、恨んでいたんだ！」

「だから雲埆先生にすべての罪をなすりつけるつもりなのだな！」

男達は尊武の前に立つ伯生を厳しく糾弾する。

伯生は青ざめた顔で彼らを見つめていた。

雲埆だけに罪をかぶせることに怒りを持つ正義感のある人々もいるのだろう。

特使団の団長として、尊武はこの混乱をどうおさめるつもりなのか。

(尊武様はどうするのだろう?)

董胡は尊武の力量をはかるように見つめていた。

「そなた……ここにいる皆が雲埆の企みを知っていたと申したのか?」

尊武は涼やかだが、低く底冷えするような声で、最初に声を上げた男に尋ねた。

男は少し怯《ひる》んだものの強気で答える。

「ああ。そうだとも。あんた達、玄武の貴族が医術を囲い込んで、他領地に医師の派遣を渋るから、玄武の麒麟寮に入寮することすら禁止したから、仕方なく雲埆先生は青龍のために医塾をお作りになり、青龍だけの免状を出されることにしたのだ。すべては玄武が医術を独占して、他領地に広めようとしなかったからだ！」

　玄武には麒麟寮以外の私塾もあるが、ずいぶん高額で余程の金持ち以外は入塾できない。青龍では医師は平民職であったため、限りなく不可能なことだった。

「そうだ、そうだ！」

　周りで立ち上がった人々も男の意見に賛同した。

「黙らぬか、お前達！」

　叫んだのは尊武ではなく、龍氏が護衛につけた青龍の武官の一人だった。

　彼を先頭にした青軍の武官達が、尊武を守るように男達の前に立ちはだかる。

　皇帝の黄軍の武官達もいつの間にか尊武の背後に並び、戦闘態勢に入っている。

　反乱を起こす人々がいることも想定内だったようだ。

　尊武は落ち着いた様子で、男に問いかけた。

「玄武が医術を独占したせいだと？　他領地の者の麒麟寮への入寮を禁じたせいだと？　そう言ったな？」

「そ、そうだ！　その通りだろう！」

　男は大勢の武官達に睨《にら》まれ、少し怯みながらも気丈に答えた。

「ああ。確かに玄武は麒麟寮への入寮を禁じた」

　尊武は肯《うなず》いた。

「だが……青龍の麒麟武道場などは、最初から他領地の者を受け入れてなかったではないか。むしろそれまで玄武だけが他領地の者も受け入れていた」

「そ、それは……」

そういえば、玄武で麒麟武道場の出身だという者の話は聞いたことがない。武術に興味がなかったので気にしたことはなかったが。

「我らは青龍と合わせただけなのだ。不公平を公平に戻しただけだ」

言われてみると、尊武の言い分の方が正しいような気がしてくる。

「い、医術と武術では訳が違うだろう！　医術はどの領地でも必要だが、敵国と国境を持たない玄武に高度な武術など必要ない！　貴族の護衛ができる程度で充分だろう！」

男の言い分も一理ある。

「どの程度の武術が必要かどうかは、我らが決めることだ。玄武とて、領地がある限りは国境もある。我らの隣国がいつまでも友好国であるとは限らないだろう」

落ち着いて反論する尊武には、言葉以上に抗《あらが》えないような説得力がある。

男はすっかり言いくるめられて返事に窮している。

(だめだ。尊武様を言い負かすなんて、あの男には無理だ)

尊武は黙り込んだ男を見て、さらに問いかけた。

「ところで……さっきそなたは雲埆の企みを知っていたと申したな？　間違いないか？」

「そ、そうだとも！　ここにいる者達はみんな知っていたんだ！」

男はやけになったように叫んだ。

「ほう。そなたの周りに立っている者達も知っていたということか？」

周りに立つ男達は焦ったように顔を見合わせながらも、それぞれ肯いた。

「ふ……む。なるほど……」

尊武は涼やかに微笑むと、いきなり声を上げた。

「この者達を捕らえよ！　雲埆と企《たくら》みを共有した罪人である！」

「な！」

青ざめる男達の周りを、青龍の武官達がわらわらと取り囲んだ。

男達が腰の剣を抜く間もなく、精鋭の武官達が腕を捻《ひね》り上げ縄で縛っていく。

その手際は見事なもので、確かに武術を極めた青龍の武官達は、玄武で見かける貴族の護衛の腕っぷしとは桁違《けたちが》いだと感じる。

「な、何をする！　放せ！」

「我らだけじゃない！　みんな分かっていたんだ！」

「龍氏様だってご存じだったはずだ！」

「雲埆先生と我らだけに罪をかぶせるつもりか！」

男達は必死に声を上げるが、周りで拝座になった医生達は縄で縛られていく男達を青ざめたまま見ていることしかできなかった。

「お前達！　卑怯《ひきょう》だぞ！　我らだけに罪を負わせるつもりか！」

「お前達もさっきまで雲埆先生が気の毒だと言っていただろう！」

周りを扇動しようと声を上げるが、殴られ地面に押さえつけられていく男達の様子を見て、立ち上がる勇気のある者はいなかった。

そして全員が取り押さえられたところで尊武は中庭を見渡し尋ねた。

「この男達がこのように言っているが、他に雲埆の企みを知っていた者はいるのか?」

地の底が響くような冷え冷えとした声に凍り付くように、中庭はしんと静まる。

「我こそは雲埆の仲間であるという者は、遠慮せずにこの場で申し出るがよい」

優しげに告げる内容は、声音と裏腹に残酷なものだ。

そんな尊武に拝座の若い医生が一人、震える声で尋ねた。

「と、捕らえられた者はどうなるのですか?」

尊武は医生ににこりと微笑む。

「心配するな。彼らは忠誠心溢《あふ》れる正直者だ。悪いようにはしない」

医生はほっと息を吐く。しかし、尊武は信じられない言葉を続けた。

「彼らの望み通り、雲埆と同じ罪罰を公正に与えることとする」

「!!」

中庭にいた全員が息を呑《の》むのが分かった。

雲埆と同じ罪罰とはつまり、死罪ということだ。

縄で縛られた男達が絶望の表情を浮かべる。

わああ、と叫んで泣き出す者もいた。

董胡はその光景を呆然《ぼうぜん》と見つめていた。

(なんて人だ。顔色ひとつ変えずにこんな残酷な裁可を下すなんて……)

顔色を変えないどころか、楽しんでいるようにさえ見える。

王宮を出てから、尊武の人間らしい部分を感じたり、やはりすごい人だと感じる部分もあったりして、悪人という言葉でくくれないものを感じていたけれど。

(やっぱりこの人は悪人だ。人の命など虫けらと同じと思っている悪人なんだ)

もしかして黎司にとって必要な人かもしれないとも思ったが、こんな冷酷な男が側にいるのはやはり危険だ。改めてそう思った。

そして尊武は締めくくるように、もう一度中庭の人々に尋ねた。

「さあ、他に彼らと同じく忠誠心溢れる正直者はいないか？　名乗り出るがいいぞ」

魅惑的な声で問いかけられたが、もう誰も声を上げる者はいなかった。

こうして凍り付くような特使団の出迎えは終わったのだった。

八、雲墩寮の拓生

雲墩寮での滞在で尊武に与えられた宿泊場所は、一番日当たりのいい一画に建てられた雲墩の部屋だった。

雲墩が来た時に滞在するための部屋で、池のある庭があり贅《ぜい》を尽くしている。

寝所には御帳台まであって、貴人のように過ごしていたようだ。

文机《ふづくえ》があり、小さな書棚のようなものもあったが、書物の類《たぐい》は何もなかった。

「すでに証拠となるものは、すべて処分したようだな」

尊武は部屋の中を調べながら呟《つぶや》いた。

医術に関する物はすべて取り除かれ、調度品だけが残されていた。

特使団の医師達は、教師達の宿泊所となっていた棟に泊まるようだが、董胡はやはりここでも尊武の使部として、小さな従者部屋を使うことになった。

「尊武様は本当に……さっきの人達を死罪にするおつもりですか？」

董胡はまだ先程のことが頭から離れなかった。

「…………」

尊武は部屋のあちこちを調べる手を止め、董胡を見やった。

「それがあの者達の望みだろう？　何の問題がある？」

「そ、そんなことを望んでいるはずがないでしょう？　死罪を望む人なんていません！」

尊武は分からないという風に首を傾げた。

「死罪を望まぬのに、なぜわざわざ自ら雲埆の企みを知っていたなどと自白したのだ？」

「だ、だから……雲埆先生の無念を晴らしたかったのでしょう？」

「また無念か……」

尊武は肩をすくめた。

「それでその無念が晴らせたのなら良かったではないか」

「は、晴らしてなどいませんよ！　自分達まで死罪になったんじゃないですか！」

どうにも話が通じない。

尊武には無念だとか、人の情だとか、そういうことを理解する心が絶望的に欠けているのだ。

「ではどうすればその無念とやらは晴らせるのだ？」

「そ、それは……雲埆先生を情状酌量で無罪にすることでしょうか……」

尊武は呆《あき》れたように首を振った。

「は！　あり得ないだろう。そなたも雲埆のしでかしたことを知っているのだろう？

無罪などあり得ると思うのか？　情状酌量をしても死罪だ。違うか？」

「そ、それはそうですが……」

危うく青龍の后《きさき》が命を落としそうになり、董胡だって殺されかけた。

それ以前に、いい加減な薬で民を騙《だま》したことは董胡だって許せない。けれど……。

「あれほど庇《かば》う人がいるということは、それだけ雲埆先生に恩義を感じている人がいるということです。青龍の医術のために良いこともしてきたのでしょう」

雲埆のすべてが悪だったわけではないのだろう。

雲埆によって救われた人も大勢いたのだ。

「それがどうした」

尊武はつくづく呆れたように答えた。

「良いことをしてきたなら、罪を許せというのか？　ならば良いことをした者はどんな罪を犯しても無罪放免にしろということか？」

「そ、そういうわけではありませんが……雲埆先生を慕って正直に答えた者まで死罪にするのは可哀相ではありませんか？」

董胡の問いに、尊武は大きなため息をついた。

「お前は何も分かっていないな。私は最初、雲埆が一人でやったことだと、わざわざ逃げ道を作ってやったのだ。それなのにあやつらは、その逃げ道を自分から放棄して声を上げたのだ。ならば雲埆と同じ運命を辿《たど》る覚悟で声を上げたのだろう？」

「それは……」

「それとも、正義と忠義を振りかざし、声を上げた英雄となっておきながら、自分は雲埆と違って無罪放免になるなどと調子のいいことを考えていたのか？」

「…………」

「それこそ考えの甘い愚か者の証明だな」

言われてみれば尊武の言う通りだった。

けれどやはり尊武には人の心の通わぬ冷たさを感じてしまう。

黎司ならどうしたのだろうと考えずにはいられない。

黎司なら、もっと心の通った裁決ができるのではないだろうかと期待してしまう。

考え込む董胡に、尊武は「ふん」と鼻を鳴らした。そして。

「お前が余計なことをしゃべらせるから腹が減った。何か厨房《ちゅうぼう》で食べ物を作ってこい」

いらいらしたように言って、董胡を部屋から追い出した。

◆

尊武の部屋から回廊を通り、医師団の泊まる棟を通り抜けると、大きな厨房があった。

ここで寮生や教師達の食事を朝晩作っているらしい。

すでに夕餉《ゆうげ》の準備を始めているらしく、大勢の人々が働いていた。

けれどそれは料理人ではなく、さきほど中庭にいた医生達だった。

どうやら当番制で医生達が料理を請け負っているようだ。

麒麟寮はそんなことはなかったが、玄武でも寮費の比較的安い私塾の中には医生が当番制で掃除や洗濯までしているところもあった。

雲埆寮もそういう形式の私塾なのだろう。

「あの……竈《かまど》を一つと食材を少し分けてもらってもいいですか？」

董胡が尋ねると、料理をしていた医生達が一斉にこちらを見た。

紫の頭巾《ずきん》を被《かぶ》って顔には覆布もしているが、どきりと緊張する。

「紫の袍《ほう》だ。宮内局の医官だ」

「特使団の医師か」

ここそこと医生達が話し合っている。

「いや、医官にしてはずいぶん若いぞ」

「従者じゃないのか？」

医生達はこそこそ話し合うだけで、誰も董胡に答えようとはしない。

どうしようと思っていると、一人の医生が進み出た。

「僕は拓生《たくせい》と申します。雲埆寮の寮生です」

まだ十代と思われる若い医生だ。

若いけれど、言葉遣いが丁寧で、翠明に似た聡明《そうめい》な印象がある。

董胡より少し背が高いが、青龍人にしては華奢《きゃしゃ》な細身で、短髪ではなく肩で切り揃えたおかっぱ頭だった。

「失礼ですが、あなたは医官様ですか？」

問われて董胡は正直に答えた。

「医師の免状は持っていますが、今回は尊武様の使部として参りました」

医生達がざわついた。

彼らのざわつきを代弁するように、拓生が尋ねる。

「その若さで医師の免状を持っておられるのですか？　どちらの塾の出身ですか？」

玄武の医師試験が難関であることは、ここでも有名だった。

「斗宿の麒麟寮の出身です」

「！」

医生達がさらにざわついた。

「麒麟寮だって？」

「斗宿といえば最難関と言われている医塾じゃないのか？」

さすがに医術を習う者たちは、遠い玄武のこととはいえ、よく知っていた。

「失礼ですが、お歳は何歳なのでしょう？」

この医生達が目指す先にいる董胡に興味津々だった。

「十七歳です。半年ほど前に免状を取ったばかりです」

おお、というどよめきが起こった。

「十七で合格できるものなのか」

「雲埆先生は、玄武の試験はずいぶん難しいとおっしゃっていたが」

「最近は少し簡単に合格できるようになったのかもしれないな」

「じゃあ、俺達も次の試験で合格できるだろうか？」

「おお！　あんな子供でも合格できるのだから、思ったより簡単かもしれないぞ」

どうやら董胡の容姿は、医生達に希望を与えたようだ。

この程度のやつに合格できるなら、きっと玄武の試験は容易《たやす》いのだと。

「実は、僕は少し前の雲埆寮の医師試験で合格していました」

拓生が告げる。

「この春からいよいよ医師として働けると思っていたのですが、今回このようなことになり、僕はただの医生に逆戻りになってしまいました」

「そ、そうなのですね……」

考えてみれば、そういう医生もいるだろう。

「俺もだ。五年もかけてようやく試験に合格したというのに、免状は無効だと言われた」

「俺なんか、すでに治療院で働いていたのに、閉鎖され免状も取り上げられたんだ！」

口々にみんなが不満を言い出す。

「あの尊武ってやつが雲埆先生を捕らえたのか？」

「涼しげな顔をして、雲埆先生を庇《かば》った医師達まで死罪だなんて」

「あの無慈悲な男が雲埆先生を陥れたのか！」

董胡は問われて青ざめた。

「いえ……尊武様は特使団の団長を任じられただけで、雲埆先生に直接関わった訳ではありません」

「じゃあ、誰が雲埆先生を陥れたんだ！」

「余計なことをしてくれたせいで、俺達みんな迷惑してるんだ」

「そ、それは……」

雲埆の罪を暴いた張本人は、まさにここにいる董胡だった。

董胡の行いが、ここにいる人々の運命を狂わせてしまった。

まさかこんなところに波紋を広げているなんて知らなかった。

「雲埆先生を陥れたやつを連れてきてくれ！」

「そうだ！　この特使団にいるんだろう？」

「陥れたって……」

別に陥れたわけではない。

罪を暴いたのだ。

けれど、この医生達にとっては、雲埆を死罪にし、自分達の輝かしい未来を奪った憎むべき人物なのだ。

董胡は青ざめたまま、何も答えることができなかった。

「みんな、口を慎んだ方がいいですよ。この人は尊武様の使部なのですよ。告げ口されたら、みんなもさっき捕らえられた医師達と同じ運命になりますよ」

拓生が、医生達に言うと、みんなは一斉に蒼白《そうはく》になって黙り込んだ。

「あなたは尊武様に僕達のことを言うつもりですか？」

尋ねる拓生に董胡は慌てて首を振った。

「いえ、言いません。捕らえるようなことはしませんから」

董胡の返答を聞いて、医生達はほっと息を吐いた。

「あなたの名前を聞いてもいいですか？」

安心したように拓生が尋ね、董胡は戸惑いながらも答えた。

「董胡……と言います」

「では、董胡。左端の竈を一つと、ここにある食材は自由に使ってもらって結構です」

拓生はにこりと微笑んで好意的な目を向けた。

「あ、ありがとうございます」

答えたものの、みんなの視線が恐ろしくてほとんど料理らしいことはできなかった。

◆

「なんだ、この手抜き料理は！」

董胡ができた料理を膳《ぜん》にのせて戻ってくると、尊武はちらりと見て言い放った。

「あまりゆっくり調理できる雰囲気ではなかったので仕方なかったのです」

膳の上には手軽に作れるような料理ばかりが並んでいた。

「嫌なら食べなくていいですから」

董胡が膳を下げようとすると、ぐいっと引き戻す。

結局文句を言いながらもいつも完食するのだ。

董胡の特殊な目で見ると、尊武の体から発する色は食べる度に変わり、最も一般的な光り方をしている。

性格が非凡なわりに、味覚は意外なほど平凡だった。

こういう人は扱い易いはずなのだが、董胡の想定外な盲点があることに気付いた。

(尊武様は味ではなく見た目が大事なんだ)

舌は案外大雑把で、美味《うま》いかまずいかのどちらかなのだが、それ以上に見た目がいいかどうかにとてもうるさい。

見た目次第で料理に対する満足度が大きく左右されるらしい。

(風流で粋な尊武様らしいといえばその通りだけど)

「またこの気味の悪い野菜を使ったのか！　これはもう途中の宿で食べ飽きたんだ！」

芽花椰菜のことだ。

「仕方がないですよ。青龍の厨房《ちゅうぼう》には、この野菜が一番豊富に置いてあるのですから」

ここの厨房でも鶏肉と芽花椰菜だけが大量に置いてあった。

青龍の冬はどこに行っても、この食材が料理の主役なのだろう。

だが蒼玉の宮でもらった芽花椰菜は、角宿に着くまでに黄色くしなびてしまった。

思ったよりも日持ちはしない。

それでも大量に置いてあるということは、毎日あの量の芽花椰菜を消化するのだろう。

「もっと違う食材を取り寄せるように言っておけ！　まったく……」

文句を言いながら、尊武は仕方なく箸《はし》でつまんでぱくりと頬張った。

「………」

無言のまま、もう一口食べる。

そして首を傾げて董胡に尋ねた。

「これは宿で食べたものと違うな？　何が入っているのだ？」

「蒸して裂いた鶏肉と芽花椰菜に、私が持ってきた豆板辣醤《とうばんらーじゃん》で少し辛味をつけました」

それだけの簡単な料理だ。

「ふ……ん。なるほど……」

それ以上何も言わず、ぱくぱくと食べ進めている。

「こっちの貧相な炒《いた》め物はなんだ？」

尊武は食べながら隣の皿を覗《のぞ》いた。

「そちらは蓮根《れんこん》を特製沙茶醤《さーちゃーじゃん》で炒めたものです」

沙茶醬とは葱《ねぎ》と大蒜《にんにく》と干し海老をすり潰《つぶ》し、油と塩を加えて煮詰めた調味料のことだが、董胡は他にも白ごまや陳皮《ちんぴ》、山椒《さんしょう》などを加えた特製沙茶醬を作る。

いろんな料理に応用がきくので、王宮で作って持ってきた。

味はとても深みがあって複雑なのだが、見た目は色の悪い蓮根にしか見えない。

「ふん。特製などと大それた名を付けるほどのものか？」

尊武は文句を言いながら箸でつまみ口に入れた。

「………」

相変わらず無言で食べている。

そのまま五口ほど続けざまに食べた。そして確認した。

「特製沙茶醬か？」

「？　はい」

「玄武に戻ったら宮の料理人に作らせてみよう」

どうやら気に入ったようだ。

あとは根菜の入った汁椀《しるわん》と、白飯は小さめの御櫃《おひつ》ごともらってきた。

尊武はすぐに空になった茶碗《ちゃわん》をぬっと董胡に差し出した。

白飯に合う料理だったせいか、茶碗がすぐに空になる。

そのたび無言で差し出され、董胡は仕方なく御櫃の白飯を入れて返す。

そのやり取りを五回ばかり繰り返してから、また空の茶碗を差し出してきた。

「もうありませんよ！　何杯食べるつもりですか！」

食いっぷりだけは本当にいい。

黎司がこれぐらい食べてくれたらと見本にして欲しいほどだ。

「もう無いのか。明日はもう一回り大きい櫃に入れてこい」

「…………」

食事時だけ、食い意地の張った子供のようになる尊武だった。

「ところで尊武様、雲埆の事件は青龍ではどのように伝わっているのでしょうか？」

完食した膳を前にくつろぐ尊武に、董胡は気になっていたことを尋ねた。

「どのように？　そのままに伝わっているはずだが？」

尊武は食後の茶をすすりながら首を傾げた。

「厨房の様子では、どうも雲埆先生が誰かに陥れられたように伝わっているようでした」

「陥れられた？　まあ……伝わるうちに、それぞれの思惑で少しずつ脚色されることはよくあることだな。雲埆がいなくなっては困る者ほど、恨みを込めて自分に都合よく筋書きを変えてしまうかもしれぬ」

「だとすれば……雲埆先生を陥れた者というのは……」

青ざめる董胡を見て、尊武は愉快な発見をしたようににやりと笑った。

「ふ……。間違いなくお前だな」

「わ、笑いごとではありませんよ。もしも雲埆先生の罪を暴いたのが私だと知れると、どうなるのですか？」

「まあ……袋叩《ふくろだた》きにされるか……、最悪、刺されるかだな」

「な！　そんなあっさりと……」

尊武は何でもないことのように言う。

「だが特使団の医師達には青龍の后《きさき》に関わることは言わずに伏せてある。お前が張本人だと分かることもないだろう」

「そ、そうですよね……」

董胡はほっと息を吐いた。

「まあ、だが……」

尊武は少し考え込んでから続けた。

「念のため、本名は告げぬ方がいいな。何か別の偽名を使っておけ」

「…………」

董胡は無言で尊武を見つめた。

「なんだ？　どうした？」

「もう董胡だと名乗ってしまいました」

「…………」

尊武は呆《あき》れたように目を細めた。

「お前のようなやつをなんと言うか知っているか？」

「いえ……」

「お前のようなやつを馬鹿正直という。いや、大馬鹿正直だな」

そして、ふんとため息をつく尊武は、自分が袋叩きになっていても決して助けてくれないだろうと、董胡は確信した。

◆

「どうしよう。茶民、壇々」

董胡は従者の控えの間に入ってから、二人の式神侍女に泣きついた。

しかし二人の侍女は辛うじて姿があるものの、存在感がずいぶん薄くなっている。

少し体が透けているようにも感じる。

こういう時は、翠明の話ではたぶん本体の方が起きて食事をしているようだ。

本体の生命を維持するための最低限の活動をしている。

おそらく王琳が二人を起こして食事をさせて、排泄《はいせつ》、入浴、その他必要なことを、時間を見計らってさせてくれている。

壇々は特に体が透けていることから、きっと食べることに全集中しているのだろう。

董胡は懐に入れていた薬包紙を取り出して開いてみた。

それは翠明から直接手渡された茶民と壇々の髪の束だった。

一旦《いったん》二人から受け取って翠明に渡し、術をかけた後、半分を返された。

絶対に肌身離さず持っておくようにと言われていた。

「でもこれって……」

宮に戻ってから確認してみると、髪の束は三つになっていた。

誰かの髪を間違えて一緒に入れたのかと思ったが、そんな間違いがあるのだろうか？

「何かの理由で二人の髪を三つに分けたのだろうか？」

どれもしなやかな黒髪で、同じように見える。

「何か聞いてない？」

董胡は二人の式神に聞いてみるが、無表情に座っているだけだ。

こんな時、本体の二人ならば。

「不躾《ぶしつけ》ながら、これは……」

「まあ、恐ろしい……」

などと言って騒ぎ立てるに違いない。

「本人より有能だと思ったけれど……、私はやっぱりおしゃべりでかしましい二人の方が好きだな」

無表情に座っているだけの二人を見ていると、無性に本人達に会いたくなる。

「まあ……この様子だと尊武様の任務はすぐに終わりそうだし、思ったより早く帰れそうだよ。負担をかけてごめんね。茶民、壇々。それに王琳」

董胡の声は届かないだろうけど、式神達に謝った。

「それにレイシ様……」

今回のことでは黎司をずいぶん怒らせてしまった。

それでも董胡のために祈禱《きとう》すると言ってくれていた。

后宮の鼓濤の許《もと》には行かないだろう。

万が一、皇帝の先触れがきても、鼓濤は病だといって断るように王琳に頼んである。

「まだ怒っているかな。レイシ様……」

思い出すとたまらなく会いたくなってくる。

こんなところにいるよりも、黎司に薬膳《やくぜん》料理をたくさん作りたいのに。

「レイシ様は芽花椰菜を見たらなんて言うだろう」

黎司になら芽花椰菜をどんな風に料理して出そうかと考えながら、董胡はいつの間にか眠りについていた。

◆

「ねえ、それは何を作っているの?」

董胡が一人厨房《ちゅうぼう》で料理を作っていると、いつの間にか拓生が覗き込んでいた。

昨日は厨房が混雑している時間帯で、みんなの視線が気になって料理どころではなかった。だから今日は、朝餉《あさげ》の片づけが終わると、すぐに夕餉の下ごしらえをすることにした。

尊武や医師団達は、麒麟寮を作るために話し合って忙しそうにしているが、使部の菫胡は特にやることもなかった。

寮生達もこの時間は教場で自習しているらしい。

というか、次の玄武での医師試験に向けて、すでに猛勉強を始めているようだ。

「蒸し饅頭《まんじゅう》です。鶏肉と青菜の餡《あん》の普通のものですが……」

大食いの尊武が白飯を食べ過ぎても迷惑になるだろうから、まず蒸し饅頭で腹の足しにしようと考えた。

「へえ……。菫胡は料理も作れるの？　凄《すご》いね」

「拓生も……当番の時は料理も作るのでしょう？」

拓生は困ったように肩をすくめた。

「料理というか……冬は芽花椰菜を塩ゆでして、鶏肉を焼くだけだよ。それから手に入った食材を放り込んだ汁椀《しるわん》と白飯だね」

「えっ？　毎日同じ料理なの？」

「うん。さすがに少し飽きたけどね。量だけはふんだんにあるからみんな満足している」

青龍人はあまり料理にうるさい人がいないようで、腹が満たされれば満足という風潮があるようだ。

「蒸し饅頭を少し多めに作ったから、良かったら食べてみる？」

「え？　いいの!?」

拓生は嬉《うれ》しそうに叫んだ。

「今から蒸籠《せいろ》で蒸すから、少し待ってね」

そうして蒸しあがるまで、拓生と少し話をすることができた。

「拓生は試験勉強をしなくていいの？」

雲埆の出した免状を持っていても、正式な医師になるためには玄武の試験を受けなければならない。

「雲埆寮で学ぶ内容はもう頭に入っているから。むしろ雲埆寮で教えられた知識が間違っていたら、覚え直すことになるので、今は少し様子を見ようと思っているんだ」

そういえば、雲埆の知識はずいぶんいい加減なものだった。

間違った医術を教えている可能性は充分にある。

だが他の寮生達に、雲埆の教えが間違っているなどと思っている様子はない。

「拓生は……雲埆先生の教えが間違っていたと思うの？」

「…………」

拓生は困ったように黙り込んでから答えた。

「僕には他に師となる方がいて……その方の教えと少し違うと感じる時があるから……」

「師となる方？」

聞き返した董胡に、拓生は何も答えないまま続けた。

「ここでは、雲堧先生は神のような存在だよ。雲堧先生の建てた医塾と診療所のおかげで、多くの青龍人が救われたとみんな信じている。雲堧先生の教えに異を唱える者は異端者として追い出されてしまう。そして青龍では二度と医術を使うことはできない……できなかった……」

青龍の后宮で、雲堧の弟子だった康生《こうせい》が、ひどくその顔色を窺《うかが》って、何も逆らえないような様子だったことを思い出す。

ここの寮生達も教師達もみんな、雲堧には何も逆らえずひたすら言われるがままに従ってきたのだろう。

そして雲堧は英雄のように崇《あが》められてきた。

「雲堧先生のおかげで平民から身を起こし、治療院を持つまでになった医師も大勢いる。偽薬であっても、間違った治療であっても、彼らは地域で数少ない医師として尊敬され、立身出世したんだ」

そんな医師達にとって、雲堧が捕らえられたことは青天の霹靂《へきれき》だったことだろう。

「もしかして……最初に尊武様に捕らえられたのは、そういう医師の人達？」

「うん。最も雲堧先生の近くにいて、その恩恵にあずかっていた医師達だと思う。患者を診ることもせず、雲堧先生の作る薬を闇雲に出して儲《もう》けていた。正直言って……彼らが玄武の医師試験を受けても、一生受からないのではないかと思う。本人達もそれは分かっているはずだよ」

医師とは名ばかりで、雲境の手足となって偽薬を売る商人のようになっていたのだ。

だから何としても雲境を助けたかった。無罪になってもらわねばならなかった。

「けれど……医術に無知な人々は何も知らない。良いお薬を玄武のものより安価に出してくれて病を治してもらったと大喜びする。僕はずっとそんな医術に不審を抱いていた。でも、青龍で医師になるためには、雲境寮に入るしかなかったんだ」

拓生は雲境に不審を抱きながらも医師になるために仕方なく雲境寮に入ったのだ。

きっと拓生は、本当に医術が好きで、青龍の医術の発展を心から望んでいる人なのだろう。

青龍にこんな人もいたのだと少し安心した。

けれど、拓生のような人は僅《わず》かだろう。

大方の医生は、今も雲境が英雄だと信じている。

「あ、饅頭が蒸しあがったみたい。熱いから気をつけて」

董胡は蒸籠から熱々の饅頭を小皿に取って、拓生に渡した。

「わあ、露店の売り物のような饅頭だね。いい匂いがする」

ほかほかと湯気をたてる蒸し饅頭に拓生が感動している。

青龍にも蒸し饅頭を売る露店などはあるようだ。

董胡も小皿に一つ取り、板間に座って並んで食べる。

拓生は一口齧《かじ》りついて目を丸くした。

「お、美味《おい》しい……。こんな美味しい物を食べたのは初めてだよ！」

「本当？　嬉しいなあ」

料理を褒めてくれる人は、それだけで大好きだ。

王宮を出てから一言も美味しいと言わない尊武を相手にしてきただけに、拓生の言葉がとても嬉しかった。

「凄いね。玄武の人は、みんなこんなに料理が上手なの？」

「ううん……私は薬膳師になりたかったから……特殊な部類だと思う」

「薬膳師……？」

拓生は聞き慣れない言葉だったのか、首を傾げた。

青龍では医師という一括《くく》りしかないらしい。

「玄武でも貴人を相手に僅かにいるだけなのだけどね」

「董胡は……凄いね。僕より年下なのに」

拓生は董胡より少し年上らしい。

饅頭を食べて一息つくと、拓生はさっきより打ち解けた表情になっていた。

美味しい料理には人の心を近付ける力がある。

「僕は……自分が雲埆寮で習った医術が本当に正しいのか、ずっと不安に感じていたんだ。僕の師が教える医術と……本当はどちらが正しいのか……」

ぽつりと拓生は本音を漏らした。

「拓生……」

「董胡は麒麟寮で習ったのでしょう？　僕にどちらが正しいのか教えて欲しい」

「どちらが正しいか？」

「たとえば……雲埆先生の教えで一番疑問を感じるのが薬なんだ。師の教えとずいぶん食い違っているように感じる」

「薬……」

確かに雲埆の薬の知識はずいぶんいい加減だったように感じている。

そして董胡は思いついた。

「だったら、薬庫を見せてもらえない？　この雲埆寮の薬庫を見たいんだ」

それは、生薬好きの董胡にとっても興味を惹《ひ》かれる場所だった。

「薬庫？」

「うん。どんな薬草があって、どういう調合をしているのか分かれば、間違っているかどうか分かると思うんだ」

「分かった。今は診療所も閉鎖されていて使っていないと思う。先生に頼んで鍵《かぎ》をもらっておくよ」

こうして、翌日の昼に薬庫に行くことを約束して、拓生と別れた。

◆

翌日、董胡と拓生は約束通り薬庫にいた。

「これは……」

棚に並ぶたくさんの引き出しには、剝げかけた墨で生薬の名がそれぞれ書かれている。

しかし引き出してみるとほとんど空っぽで、たまに保存の悪い枯草が入っていた。

よく使う甘草《かんぞう》や葛根《かっこん》、桂皮《けいひ》、芍薬《しゃくやく》などは一応入っていたが、状態が悪い。しかも。

「これは……桂皮の中に入っていたけど……厚朴《こうぼく》だよね……」

桂皮と厚朴は、見た目は似ているかもしれないが、香りが全然違う。

もちろん効能もまったく違う。

「やっぱり……そうだよね……」

拓生は気付いていたのか、素直に肯《うなず》いた。

「玄武から取り寄せる生薬は高価なため、雲埆先生は青龍で採れる代用薬にするのだとおっしゃっていた。この棚は医生の勉強のために形だけ置いていたんだ。それも誰かが持ち出したり、朽ちてしまったりでこの有様だよ」

「では……普段診療所で使っていたのは……」

「こっちだよ」

拓生は大きな引き出しが並ぶ棚を示した。

さっきの引き出し十個分ぐらいの大きさがある。

「蠟梅花《ろうばいか》……」

一つはそう書かれていた。

引き出してみると、見覚えのある乾燥した黄色の蕾《つぼみ》がぎっしり入っている。

「蠟梅花は何にでも効く青龍の奇跡の花だとおっしゃっていた。診療所では、風邪でも打ち身でも、腹痛でも、何にでも調合する」

王宮の薬庫にいる万寿の話では、そんな凄《すご》い生薬ではないと聞いたけど。

その隣の引き出しを開いてみると、何も入っていなかった。

「ここは？」

「そこは……」

拓生は少し躊躇《ためら》いながら、声をひそめて答えた。

「『黄龍《きりゅう》の鱗《うろこ》』が薬包紙に包まれて大量に入っていた」

「黄龍の鱗……」

それはまさに雲埆が売りさばいていた偽薬だ。

特使団が来る前に証拠になりそうな物は全部処分したのだろう。

その隣には薬包紙に包まれた薬が、引き出し半分ぐらい入っていた。

「これは？」

「それは黄連解毒湯《おうれんげどくとう》だよ。雲坳診療所では黄龍の鱗で効かない患者には、黄連解毒湯を飲ませればいいと習っていた。それから葛根湯《かっこんとう》。この二つだけは玄武からすでに調合された生薬を取り寄せて常備していた」

そういえば青龍の后《きさき》にも黄連解毒湯を処方していた。

確かにたいていの青龍人のような、体力があって気力旺盛《おうせい》な人向きの生薬だけど。

あまりに単純で安易な処方だ。

どうやら雲坳の診療所では黄龍の鱗と黄連解毒湯と葛根湯だけで治療していたらしい。

まあ、効く人には効いたのだろう。青龍で、最もありがちな病に効く薬ではある。

だが効かない人にはまったく効かなかったことだろう。

そういう人はこんな素晴らしい万能薬でも効かない不治の病ということになったのだ。

「この知識で……玄武の医師試験を受けたとしても、誰も合格しないだろうね」

そう答えるしかなかった。

「やはりそうなんだね……」

拓生はがっくりと肩を落とした。

「特使団の医師達がここに残って一から教え直してくれるだろうと思うけれど……、次の試験に合格できる人は一人もいないかもしれない……」

まず生薬の知識を一から覚え直さないとならない。それから病の証《しょう》と照らし合わせて処方する。短期間でそこに辿《たど》り着ける人がいったい何人いるのか……。

麒麟寮を建てれば青龍の医術が発展すると簡単に思っていたが、まだまだ先の長い話になりそうだ。そもそも青龍人というのは、料理にしろ薬にしろ大雑把な人が多い。だから豪快で大胆な武術に向いているのだろう。

玄武のように薬草を探究して、繊細な医術を極めることに向いている人が少ない。今さらながら、伍尭國が四術に分かれて発展した理由が分かったような気がした。

九、医生の反乱

夕餉《ゆうげ》の時間になると、尊武はうんざりといった表情で部屋に戻ってきた。

「お疲れのようですね」

董胡は尊武の前に膳《ぜん》を並べながら尋ねた。

「青龍人は頭の中も筋肉でできているらしい。馬鹿ばかりだ」

大きなため息をつきながら言う。

何があったのか、尊武は相変わらず辛辣《しんらつ》だった。

「伯生をはじめとした玄武の医師免状を持っている三人はいいのだが、その他の雲埆が出した医師免状を持つやつらはひどいものだな」

董胡も薬庫を見て感じていたが、尊武も同じように感じているらしい。

「医師試験自体も程度の低いでたらめだったのだろうが、あの様子では金で免状を買った者も大勢いるな。免状とは名ばかりの紙切れに等しい」

「お金で免状を買ったのですか？　そんなことができるのですか？」

董胡はそこまでは考えていなかった。

尊武はにやりと笑う。

「ふ。玄武の貴族の中にも金で免状を買っている者は大勢いるぞ」

「え？　そうなのですか？」

そんな話は知らなかった。

けれど玄武公の次男の雄武は、間違いなく合格するという空気感は確かにあった。

「まあ……大きな診療所を持つ貴族は、医師免状などお飾りだ。実際に患者を診るわけではない。患者を診るのは雇い入れた平民医師がほとんどだ。貴族がすべき仕事は、玄武公である我が親父様に取り入り、大きな役職をもらい箔《はく》をつけ、威張ることだな」

「最低ですね」

そういえば王琳の亡き夫、吐伯が貴族医師の腐敗を嘆いていたようだったが、こういうことなのだと理解した。

「では、尊武様も勉強せずに合格したのですか？」

「…………」

尊武はちらりと董胡を見た。

「まあ……玄武公の嫡男だ。白紙で出しても首席合格だっただろうな」

「な……」

董胡が男装してまで必死に目指した医師免状をそんなにあっさり手に入れるなんて。

「だが……私は書物など一度読めば全部覚えてしまう。覚えたくなくとも頭の中に全部入ってしまうのだ。親父様は前もって試験の内容を教えてくれたのだが、そんなものなどなくとも余裕で首席合格できた。むしろ怪しまれないようにわざと何問か間違えるのに苦労したぐらいだ」

「…………」

な、なんか、嫌なやつだ。

すっごい嫌なやつだ。

庶民の苦労なんか一生分からないやつだ。

「なんだ？　不満そうな顔だな」

「いえ……別に……」

董胡は目をそらし、蒸し饅頭《まんじゅう》を蒸籠《せいろ》から小皿に移し、渡した。

「ふん。要するに私を青龍人の馬鹿と一緒にするなということだ」

尊武は小皿を受け取り、蒸し饅頭を一口頰張ると目を見開いた。

何が入っているのかと、饅頭を眺め回している。

「そ、それで、青龍人が馬鹿だったら何か問題があるのですか？」

「雲埆の免状を持つ医師達は、玄武の試験は免除してくれとしつこい。雲埆はともかく、真面目に医師として働いてきた者として、免状剝奪《はくだつ》は納得がいかないとのたまう」

尊武は三口で饅頭を食べ終えると、空の小皿を差し出しながら答えた。

「自分達は何年も雲埆診療所で立派に医師として勤めてきた。だから再試験など不要だと。自分達の医師免状が剝奪されると、地域の医療が円滑に進まなくなるだろうとしつこく食い下がってくる」

尊武は二つ目の蒸し饅頭を、また三口で食べると空の小皿を差し出す。

「だから、それほど医師として腕に自信があるなら、玄武の次の試験ですぐに合格すればいいだろうと言うと、あれやこれやと理由をつけてできないと言い張る。つまり、合格する自信がないのだろう」

渡した饅頭をまた三口で食べると、空の小皿を差し出す。

「そういう医師は何人ぐらいいるのですか？」

董胡は新たな饅頭を渡しながら尋ねた。

「雲埆寮で教えていた医師と、各地の雲埆診療所で働いていた医師を合わせて、ここに集まっているのは十五人ほどかな。そやつらが玄武の試験に受かる見込みのない医生達を扇動して特使団に反感を持たせているようだ。合わせると四十人ほどになる。正直に言うと、この医師達が麒麟寮への円滑な移行を阻む青龍の病巣だ。医師としてちやほやされて虚栄心ばかり大きくなった毒膿《どくうみ》だ」

尊武は再び三口で食べて空の小皿を差し出す。

「最初に捕らえた十人ほどで膿を出し切ったと思っていたが、雲埆一人に罪をかぶせて、自分だけは今まで通り甘い汁を吸おうとする毒膿がまだこんなにいた」

「…………」

董胡はふと手を止めて考え込んだ。

「膿を出し切った？　もしかして……尊武様は膿を出すために、わざと雲埆先生一人に罪をなすりつけるようなことを強調して言ったのですか？」

尊武に念を押して言われなければ、捕まった医師達は声を上げることもなかったかもしれない。まさか、そこまで見越して……。

「なんだ？　今頃気付いたのか？　お前は聡《さと》い方だと思っていたが、策略や駆け引きとなると、本当にただの馬鹿になるな」

なんでもないことのように言って、尊武はぬっと空の小皿を押し付ける。

「わざと声を上げさせたのですか？　死罪にするために？」

「それがどうした？　病巣を取り除かずして病は治らぬ。どうせあの者達は生かしておいたとしても医師にも戻れず世を呪い、特使団の行いにけちをつける。更には皇帝をも恨み、伍尭國に仇《あだ》をなす者に成り果てるかもしれぬ。病巣の膿は残らず取り去ることが、伍尭國のため、皇帝のためだろう？　違うか？」

「いくら皇帝のためだからって……」

なんだか医師達を罠《わな》に嵌《は》めたようで嫌だ。

「なんだ？　お前は恨みを持った者が皇帝に害をなしてもいいのか？」

「そ、それは困りますけど……。でもそんな者にならず、まっとうに生きようと改心する者もいるかもしれないではないですか」

「は！　そんな者はほとんどいない。これまで雲埆に言い寄って甘い汁を吸って生きる狡《ずる》さを身につけてきた者達だぞ？　改心などするわけがないだろう？　仮に改心したなら、特使団に文句などつけず、今頃は次の玄武の試験のために猛勉強しているだろう。そういうところが、お前は馬鹿だと言っている。いずれその甘さで命を落とすぞ」

「な……」

尊武はため息をついてから、もう一度空の小皿をぐいと押し付けてきた。

「もうありませんよ！　何個食べたと思っているのですか！」

むっとして言い返した。

「何を怒っているのだ？」

尊武は急に声を荒げた董胡に肩をすくめた。

「まあ、いい。明日はもっと饅頭を作っておけ」

そう言って、饅頭以外の料理を無言で食べ始めた。

「………」

さっぱり分かり合うことのない二人だった。

◆

二日ほど同じような日が続いた。

尊武は中々思うように話が進まないことにいらいらしているようだった。

伯生を中心に麒麟寮の体制作りに話を進めようとするのだが、すぐに正式免状を持たぬ医師達があれやこれやとごねて話が中断してしまうらしい。

毎日董胡の作る料理を完食しながら、文句を言っている。

「あやつらを全員難癖つけて捕らえ、死罪にするか……」

などと、冗談ともとれない恐ろしい呟《つぶや》きを漏らすこともあった。

自分に不利益な者はとことん排除すればいいと思っている。

人に愛着のない尊武にとって、それが一番合理的な方法なのだ。

皇帝の特使団の団長として尽力していることは評価したいが、董胡にはどうしても相《あい》容《い》れないところが尊武にはある。

黎司に不利益なことをしている訳ではないので従っているが、やはり好きにはなれなかった。

そんなある日のことだった。

「董胡！　大変だよ！」

誰もいない厨房《ちゅうぼう》で夕餉《ゆうげ》の下ごしらえをしていた董胡の許《もと》に、拓生が駆けてきた。

「拓生。どうしたの？　饅頭ならもうすぐ蒸しあがるよ」

この頃には毎日饅頭を食べながら雑談をして、すっかり仲良くなっていた。

「それどころじゃないよ！　早く逃げて！」

ただ事ではない様子の拓生に、ようやく董胡は目を見開いた。

「董胡。君だったんだね？　雲埆先生の罪を暴いたのは！」

「えっ？　どうしてそれを？」

董胡はぎょっとした。

「先生達がどこかから聞いてきたみたいで、君のせいで雲埆先生が捕らえられ青龍の医術を壊滅させられたって医生達に話している。教場はすごい騒ぎになっているよ」

「ええっ！」

青ざめる董胡の手を拓生が摑《つか》んだ。

「とにかく身を隠そう。こっちだよ！　早く！」

「で、でも蒸し饅頭が……」

「饅頭のことを気にしている場合じゃないんだったら！　殺されるよ、董胡！」

「こ、殺すって……」

拓生は厨房を出てきょろきょろと辺りを見廻《みまわ》すと、建物の陰に隠れながら董胡の手を引いて行く。

「ど、どこに向かっているの？」

「とりあえず伯生先生の部屋に……」

「伯生先生？」

「逃げる？　どうして？」

「僕の師なんだ。祖父でもある」

「え？　そうだったの？」

さらに拓生は驚くべきことを告げた。

「王宮のお后《きさき》様の医師として働いている康生は、僕の兄なんだ」

「ええっ！　康生が？」

そういえば、みんな名前が似ているけれど、青龍では『生』をつけるのがよくある名前なのかと思っていた。

「お祖父《じい》様は兄からの手紙で、王宮で何があったのか詳しく聞いていたみたいだけれど、僕は大まかな内容しか聞かされてなかった。兄が玄武の医師には凄《すご》い人がいると手紙に書いていたけど、まさか僕と歳も違わないような董胡のことだとは思わなかった」

拓生は辺りの様子を窺《うかが》い、建物の裏道を進みながら話す。

「でも雲埆寮の先生達は、玄武のならず者が雲埆先生を陥れたのだと医生のみんなに話していた。青龍で医術が発展することを望まぬ玄武が謀《たばか》ったのだと。その医師のせいで誠実な雲埆先生は死罪となり、先生達も免状を剝奪されるのだと言っていた」

「まさか……。私は陥れたりなどしていない！」

「お祖父様もそう言っていた。悪いのはすべて雲埆先生だと。けれど、そんな風に言うお祖父様は雲埆先生の成功を妬《ねた》んで玄武と通じていたかのように言われている」

そういえば、最初捕らえられた医師達も伯生のことを罵《ののし》っていた。

「先生達がみんな口を揃えてそう言うし、焚《た》きつけられた血の気の多い医生達もそんな風に言うものだから……僕は何が正しいのか分からなくなっていた」

拓生は出会った最初から何かに迷っているようだった。

「でも……董胡に会って、話を聞いているうちに、僕はやっぱりお祖父様が正しかったのだと確信したんだ」

「拓生……」

「僕は董胡とお祖父様を信じるよ」

拓生は立ち止まると、董胡に向き直りきっぱりと告げた。

「だから、僕が君を守る」

「拓生……」

しかし、その時。

「あっ！　いたぞ！　あいつだ！」

中庭に大声が響いた。それと同時に、わらわらと人が集まってくる。

医生の中でも筋肉質で血の気が多そうな男達が、あっという間に董胡と拓生を取り囲む。その手には、信じられないことにそれぞれ刀剣が握られていた。

青龍では争いごとは即、刃傷沙汰《にんじょうざた》になってしまうらしい。

みんな何かに取り憑《つ》かれたように目が血走り、憎しみを込めた目で董胡を睨《にら》んでいる。

董胡と拓生は、建物を背に大勢の医生に囲まれてしまった。

「拓生！　お前もそいつの仲間か！　伯生先生と組んで雲堉先生を陥れたんだな！」

医生の一人が叫んだ。

「ち、違うよ！　みんな先生達に騙《だま》されているんだ！　雲堉先生の医術は間違っていたんだよ！　そのせいで大切な方が命を落とすところだった。董胡はその命を救って、雲堉先生の罪を暴いたんだよ。彼は誰も陥れてなんかいない！」

拓生が必死に弁解した。

「黙れ！　お前こそ、そいつに言いくるめられたんだ！　自分だけ特使団にいい顔をして、医師免状をもらおうと思っているんだな！　伯生の孫だからと特別扱いを受けようとしているんだ！　この裏切り者が！」

「俺達は雲堉先生の試験で免状を受け取るはずだった。田舎では、俺が医師になって戻ってくる日を、みんな心待ちにしてくれてたんだ！　それをお前が……お前達が！」

そんな風に言われると、董胡はいたたまれなくなる。

まさか良かれと思ってした董胡の行動が、この人達を不幸にすることになるなんて、思いもよらなかった。

「次の試験で絶対合格できるようにしてやると先生に言ってもらってたのに」

もしかして大金を払って免状に合格する予定だった人かもしれない。

それは不正に違いないのだけれど、それが通例になっていたのだとしたら。

貧しい中でお金をかき集めて免状を受けようとしていた者にとっては、雲堉を罪人にした董胡こそが許しがたい悪なのだ。

「玄武の医師団は、青龍人が医師になれないように、信じられないほど難しい試験を受けさせるつもりだと先生達が言っていた」

「きっと誰も受からないだろうと言われたんだ！」

その言葉に煽《あお》られて絶望した医生達は、怒りを爆発させたらしい。

別に青龍人にだけ難しい試験を受けさせるつもりはないだろうが、今の雲埆寮の平均的学力では絶望的に難しいのは間違いない。

「俺達の人生はお前のせいで滅茶苦茶だ！」

彼らにとって悪人は雲埆ではなく董胡の方なのだ。

「もう俺の人生は終わりだ。こうなったらお前も道連れにしてやる」

「そうだ。俺達と一緒に地獄に連れて行ってやる！」

正気を失った医生達が刀剣を振りかざす。

「み、みんな！　落ち着いて！」

拓生も一応脇に差していた刀剣を引き抜き、董胡を守るように構える。

しかし華奢《きゃしゃ》な拓生では力の差は明らかで、その刀剣は震えている。

（だめだ。この状態で勝ち目なんかない……）

しかし、その時、董胡の前に二つの影が現れた。

はっと気付くと、懐剣を構えた茶民と壇々が董胡を守るように立ちはだかっていた。

「！」

どこからともなく現れた二人の侍女の姿に、医生達が一瞬怯《ひる》む。

「茶民、壇々……」

本当に董胡の危機にはちゃんと現れてくれた。

これほど二人の存在をありがたいと思ったことはない。

「く、くそっ！　なんか分からないが、邪魔するならこの女達も斬り捨てろ！」

一人が叫んで斬りかかってくる。

カンッという金属がかち合う音がして、医生の刀剣を壇々が懐剣で受け止めていた。

さらに別の一人が斬りかかってきた刀剣を、茶民も懐剣で受け止める。

こんな勇ましい二人を見るのは初めてだ。剣士姿がちゃんと様になっている。

拓生も別の一人の刀剣を辛うじて受け止めていた。

「今のうちに、董胡は逃げて！」

拓生の叫び声と共に、董胡はじりじりと建物を背に逃げ道を探る。

「逃げるぞ！　あいつを捕まえろ！」

医生達の標的は董胡一人だ。董胡さえ逃げれば、拓生や侍女達をわざわざ斬り捨てる必要もない。けれど董胡が逃げるよりも早く医生達の刀剣が董胡の行く手を阻む。

それを茶民と壇々が颯爽《さっそう》と受け止めた。普段の二人からは考えられない敏捷《びんしょう》さだ。

だがやはり人数が違う。

その後ろから斬り付けてきた剣に、あえなく壇々が斬り捨てられた。

「壇々っ！」

董胡は悲鳴のような声を上げる。

さらに茶民も別の剣に斬り捨てられた。

「茶民っ！」

侍女二人が自分のために斬られる悪夢のような光景に、董胡は立ちすくんでいた。

斬られた二人は、しかし、血しぶきを出すこともなく景色に溶け込むように消えてしまった。そしてはらりと数本の黒髪が地面に落ちる。

「？」

医生達は不思議な現象に唖然《あぜん》として一瞬戸惑った。

「茶民、壇々……」

董胡は地面に膝《ひざ》をついて二人の黒髪をかき集め、握りしめた。

式神とはいえ、二人が斬り捨てられる姿なんて見たくなかった。

「なんだ、こいつ……。悪霊使いか……」

「気味の悪いものを連れてやがる」

「きっとこの奇妙な術を使って雲埆先生も陥れたんだ！」

医生達が地面にうずくまる董胡の周りにじりじりと詰め寄ってきた。

そんな董胡を守るように拓生が背に庇《かば》って叫んだ。

「みんな待って！　董胡を斬り捨てたってどうにもならないんだよ！　玄武の試験は難しいだろうけど、ちゃんと勉強すれば医師にもなれる。先生達の言葉に惑わされないで」

「ふん！　お前は優秀だからそんなことを言えるんだ」

「俺達は雲埆寮の試験だって合格ぎりぎりだと言われてたんだ」

「玄武の試験なんか合格するわけがない……」

「もうどうだっていいんだ！」

「だがこいつだけは斬り捨ててやる！　どけっ！」

拓生を蹴飛《けと》ばして、数人の医生が董胡の頭上に刀剣を振り上げる。

「…………」

董胡は侍女二人の髪を握りしめたまま、呆然《ぼうぜん》とその刀剣を見上げた。

「董胡っ！」

拓生の叫び声と同時に、幾つもの刀剣が振り下ろされる。

「!!」

斬り刻まれたのだと思ったその瞬間、なぜか董胡の頭上で剣先が止まっていた。

「え？」

驚いてよく見ると、長い木刀が董胡に降りかかるすべての刀剣を受けとめていた。

「な！」

驚いた医生達の前に、全身黒ずくめの男がゆらりと現れる。

黒い頭巾《ずきん》をかぶり、顔にも覆布を巻きつけていて、顔はほとんど見えない。

そして、その背後から次々に同じ恰好《かっこう》をした男達が現れた。

そして全員が長い木刀を持っている。その数、十人ほど。

「な、なんだこいつら……」

「まださっきの悪霊が残っていたのか……」

医生達は黒ずくめの不気味な集団にたじろいだ。

そして慌てる医生達の手首に、黒ずくめの男達の木刀が振り下ろされる。

「ぎゃっ！」

「な、なにをする！」

見事な木刀さばきで医生達の手首を打ち付け、その手に握られた刀剣がカランという音を立てて地面に落とされていく。

黒ずくめの男達は決して大柄ではないが、驚くほど敏捷だった。

風のように動いて、医生達の刀剣を落とし、遠くに蹴《け》り出す。

あっという間に全員が丸腰になっていた。

(まさか……彼らも翠明様の式神？)

そんな話は聞いていなかったが……。

ちょうどその時、ようやく特使団の護衛武官達が騒ぎを聞きつけて駆け込んできた。

「この者達を捕らえよ！」

尊武が先頭にいて命じている。

その後ろには青龍の青軍と皇帝の黄軍の武官達が隊列を組んでやってきた。

そして、動揺する医生達を次々に縄にかけていく。

もはや青軍と黄軍に囲まれてしまい、医生達は抗《あらが》う気も失《う》せたのか素直に縄にかかっている。

「この者達を一人残らず捕まえ、牢《ろう》に入れろ！」

尊武は忙しく指揮をとって命じている。

その様子を董胡はまだ呆然と見つめていた。

そんな董胡に、黒ずくめの男の一人が耳元で囁《ささや》いた。

「董胡……」

「⁉」

驚いて見上げると「静かに」というように人差し指を覆布の前に立てている。

その覆布から僅《わず》かに見えている目元は……。

「楊庵！」

思わず大声を出しそうになった董胡は、慌てて口を押さえた。

「危なかったな。間に合って良かった」

「じゃあ、楊庵がさっきの……」

「ああ。王宮を出てからずっと、陰からお前を守っていた。それなのに配置の移動があって、少し目を離した隙にこんなことになっていて焦ったよ」

そういえば、楊庵と偵徳は密偵として一緒に行くのだと黎司が言っていた。

全然見かけないから忘れていたが、ずっと董胡を守っていてくれたらしい。

「偵徳先生も来ているの？」

「ああ。ほら、あそこ……」

少し離れたところにもう一人、黒ずくめの男が立っていた。

覆布の隙間からは偵徳の代名詞ともいえる頬に刻まれた傷は見えなかったが、目元は間違いなく彼のものだった。

しかし董胡の方を見ずに、どこか一点をじっと見つめている。

「偵徳先生……」

董胡が近付いて腕を摑《つか》んでも、まだどこか一点を見つめている。

その目線の先には……。

（尊武様？）

偵徳は尊武にぎらぎらとした激しい視線を向けていた。

「偵徳先……」

董胡は嫌な感じがして、何か言わなければと思ったが、それを遮るように黒ずくめの男の一人が楊庵達に声をかけた。

「おい、俺達は行くぞ！」

密偵である彼らは、先に撤収するらしい。特使団と対面して余計な詮索《せんさく》をされたくないのだろう。

「董胡。俺達はここから一番近い麒麟の社《やしろ》にいる。何かあったら、そこに来い」

楊庵は慌ててそれだけ言って、まだ尊武を睨《にら》みつけている偵徳を引っ張って行ってしまった。

黒ずくめの男達が去って、青軍が医生達を捕らえて連れていくと、残されたのは董胡と拓生と尊武と、彼が率いる黄軍だけになった。

「命拾いしたようだな、董胡」

尊武はにやりと笑って言った。

「麒麟の密偵が現れたのか……」

そして黒ずくめの男達が去った方角を見ながら呟《つぶや》いた。

「木刀を使うのか……。なるほど……」

董胡は朱雀で木刀を使っていた楊庵のことがばれたのかとぎくりとした。

だが、尊武はそれ以上何も言わず別のことを告げた。

「この者達がお前に挨拶《あいさつ》をしたいと言っている」

「え？」

尊武が指し示すのは、黄軍の将らしい格別の襷襟《たすきえり》をかけた大男二人だった。

二人は董胡の前に片膝《かたひざ》をついて見上げている。

見上げているといっても、膝をついた大柄な男達と小柄な董胡の視線の高さは、ほとんど変わらないぐらいだった。

「董胡殿。私は黄軍の月丞と申します」

「私はその息子、空丞と申します」

二人の名を聞いて、董胡ははっと思い出した。

「では、あなた達《きさき》が鱗々の……」

確か、青龍の后の侍女頭、鱗々が父と兄が黄軍にいると黎司に話していた。

「はい。その節は鱗々が大変お世話になりました」

「鱗々から董胡殿がお后様をお救い下さったのだと、伝え聞いております」

二人はそう言って、董胡に深く頭を下げた。

「い、いいえ……救うだなんて、そんな……」

董胡の行動は、さっきの医生達にとっては憎むべき悪なのに、この二人にはこれほど感謝される善なのだ。同じ行動なのに、受け取る人が違うだけでこうも違うものなのかと不思議な気持ちだった。

「鱗々からは、董胡殿を必ずお守りするようにと頼まれていましたのに、不甲斐《ふがい》ない我らをお許しください」

「董胡殿が厨房《ちゅうぼう》におられると聞いて、そちらに軍を配置してしまいました」

申し訳なさそうに言う二人に董胡は首を傾げた。

「軍を配置？」

まるで董胡が襲われることが分かっていたような口ぶりだ。

そういえば、楊庵もさっき配置の移動があって、と言っていた。

楊庵達ももしかして厨房の方に待機していたのだろうか？

「我々は董胡殿が狙われているとお聞きしました」

「全軍で、反乱を起こす者達を捕らえるようにとの命令でございました」

「私が狙われている？　反乱を起こす者達？」

それは拓生が来る直前に分かったことではないのか？

董胡は隣に立つ拓生に視線を向けた。

しかし拓生も分からないという風に首を振っている。

その疑問に答えるように尊武が告げた。

「まったく……。お前はちょこまかと動くから、危うく殺されるところだったではないか。そのまま厨房にいれば、何の危険もなく不届き者を捕らえることができたのに」

董胡はその尊武の顔を見つめ、はっと気付いた。

「ま、まさか……。雲埆の罪を暴いたのが私だと教えたのは……」

尊武はにやりとほくそ笑む。

「ふ……。うっかり口を滑らせてしまったのだ。悪かったな」

「う、嘘だ！　わざと言ったくせに！　なんて人だ！」

董胡は信じられなかった。

「もう少しで殺されるところだったのですよ！　私が殺されていたらどうしてたのですか！」

仮にも皇帝の后だ。

さすがに殺されましたでは済まないはずだ。

だが尊武はなんでもないことのように答える。

「まあ……その時は運が悪かったと諦《あきら》めるしかないな。だが……まあそうやって元気に生きている訳だから良かったではないか」

「な！」

本当に人の命なんて虫けら程度にしか思っていない。

「おかげで面倒な者達を一網打尽に捕らえることができた。お前を連れてきて良かったな。これほど活躍してくれるとは思わなかった。王宮に戻ったら褒美をやろう」

「いりません!!」

なんてやつだ。もう本当に関わりたくない。

「さて、まだ後始末が残っている。次は医生を扇動した医師達も捕らえねばならぬ。お前は怪我もしていないようだし、夕餉《ゆうげ》の準備を頼んだぞ。饅頭《まんじゅう》は多めに作っておけ」

悪びれもせずに、それだけ言い捨てて尊武は行ってしまった。

月丞と空丞親子も少し気まずそうに頭を下げると、尊武を追いかけて行ってしまった。

最後まで残ってその様子を見ていた拓生は、董胡を気の毒そうに見つめて言った。

「な、なんかすごい人だね……。董胡も苦労しているんだね」

こうして、拓生の同情の視線を浴びながら、再び厨房で夕餉の準備をすることになる董胡だった。

◆

董胡が襲われたのと同じ頃、王宮の玄武の后宮では王琳が寝所で眠る茶民と壇々の様子を見にきていた。

声をかけると一応起きるのだが、どこかぼんやりとしていていつもの元気はない。けれど食事を出すともりもりと食べるし、湯殿に連れていくとちゃんと洗って出てくる。そして一通りのことを済ませて布団に寝かせると、また眠ってしまう。

そんな毎日が続いていた。

話しかけると答えたりもするのだが、ひどく億劫《おっくう》そうで疲れるようなので、なるべくすべてを手早く済ませて休ませてあげることにしている。

「よく眠っているようね……」

変わりなく眠っている二人を見て、王琳は寝所を出ようとした。しかしその時。

「きゃあああ！」

壇々が突然悲鳴を上げて起き上がった。

驚いている暇もなく、今度は茶民が飛び起きた。

「斬られた！　ああ、斬られてしまったわ！」

うわ言のように呟いている。

「ど、どうしたの？　壇々、茶民！　斬られたって？」

王琳は驚いて二人に駆け寄り尋ねた。

二人は苦しそうに腹や胸を押さえている。

「だ、大丈夫？　鼓濤様に何かあったの？」

王琳は苦しそうにしている二人の背をさすりながら尋ねた。

しかし、急にはっとして目を丸くした二人は、きょとんと辺りを見廻《みまわ》した。

「あれ？　ここは？」

「私は……寝ていたのだったかしら？」

苦しんでいたことも忘れて、二人で顔を見合わせている。

「ちょ……ちょっと、どうなったの？　何があったの？」

王琳が尋ねても、二人は首を傾げている。

「斬られたと言っていたけれど、どういうことなの？　茶民」

「え？　斬られた？　私が？」

驚いたように茶民は王琳に聞き返す。

「鼓濤様はご無事なの？　壇々？」

「それが……何も覚えていなくて……」

目が覚めたと同時にすっかり忘れてしまった様子の二人に、王琳は頭をかかえた。

「二人ともすっかりいつも通りに戻っているけれど、どういうことなの？」

今までは目を覚ましても、これほどはっきりとしゃべらなかった。

明らかにいつもと違う。そもそもこちらが起こさなければ目を覚まさなかったのに。

「もしかして……翠明様の術が解けてしまったの？　いったいどうして？」

青ざめて茶民と壇々に尋ねるものの、二人にも分からないようだった。

「それよりも、ひどくお腹がすきました、王琳様」

「ひどい空腹感ですわ。なにか食べさせて下さいませ」

いつもの壇々どころか茶民まで言うのだから、ずいぶん体力を使ったようだ。

けれどそれよりも心配なのは鼓濤のことだった。

「陛下にお知らせしなければ……」

しかし、王琳が知らせるまでもなく、黎司も異変を感じ取っていた。

いつものように祈禱殿《きとう》に籠《こも》っていた黎司は、ある天術を試すべく瞑想《めいそう》をしていた。

創司帝が残した天術の書には、『無心無限の境地にて、天術、我が物となり』とだけ書かれている。

だが黎司にはさっぱり分からない。

ただ、瞑想していると意識が広がっていき、自分と世界との境界が曖昧《あいまい》になるのを強く感じるようになっていた。

しかし今のところ、その意識の広がりは祈禱殿の中に留《とど》まっている。

「魔毘《まび》！」

祈禱殿に広がる意識の中に招き寄せるように、夢幻の者の名を呼ぶ。

その途端、意識は黎司の肉体におさまり、元ある世界に戻ってしまう。

「く！　だめか……」

何度やってもこの先に行くことができない。

魔毘を意識の中に引き込むことで突破口が見つかるのかと思ったが、うまくいかない。

「もう一度、文献を調べ直してみるか……」

諦めて立ち上がろうとした黎司は、目の前の銅鏡が明るくなっていることに気付いてはっとした。振り返ると、部屋の隅に黒ずくめで拝座する魔毘の姿があった。

「先読みがあるのか？」

黎司は慌てて銅鏡に浮かぶ光景を見つめる。

いつものように高速で景色が流れ、伍尭國の人々の様子が早送りで浮かんでは消えていく。そして青い屋根と門塀の街並みを通り過ぎ、真っ赤な椿が咲く道を過ぎていく。

「青龍か……。青龍でなにかあるのか！」

固唾《かたず》をのんで見守る黎司の目に、突然静止画が飛び込んできた。

そこに映っていたのは……。

「董胡!!」

顔に覆布をつけているが、紛れもなく董胡の姿だった。

なぜか大勢の剣を持った男達に囲まれている。

「董胡！　まさか……」

董胡の周りには黄軍の武官も麒麟の密偵もいない。

用心に用心を重ねてつけたはずの護衛が一人もいない。

いるのは青龍人にしては華奢《きゃしゃ》な男と、翠明の式神二人だ。しかし、それも。

「な！」

黎司の目の前で斬り捨てられ、実体をなくし黒髪になってはらりと散っている。

「董胡！　何をしている！　早く逃げろ！」

銅鏡に向かって叫ぶ黎司の前で、その光景は唐突に暗転した。

「董胡！　そんな……。まさか……」

青ざめて背後に振り返ると、魔毘の姿はもうない。

「魔毘！　続きを見せてくれ！　戻るんだ！」

しかしどれほど叫んでも、魔毘はもう姿を現してくれない。

その代わりに階下から黎司を呼ぶ声が響いた。

「陛下！　陛下！」

翠明の声だった。

慌てて祈禱殿の階段を下りた黎司に、翠明が青ざめた顔で告げる。

「術が……董胡に付けていた式神の術が解けてしまいました……」

それは、まさに今見ていた光景が現実であったということだ。

黎司は青ざめて尋ねた。

「今解けたのか？　では今現在のことなのか……」

「おそらくたった今のことです。前ぶれもなく突然解けたことを考えると、何か危害を加えられ仮魂《かりだま》を失ったのではないかと……」

「危害……」

まさに黎司は、その光景を見た。

「斬られていた。剣を持った大勢の男達に……」

「な！　どういうことでございますか？　まさか先読みで……」

「先読みでもない。すでに現実になったのだろう。董胡はどうなったのか……。そこで景色が途切れてしまった……」

黎司は動揺を浮かべ呟《つぶや》いた。

「特使団の一行は、現在青龍の角宿にいると思われます。そこから密偵が早馬を飛ばしたとしても、王宮に連絡が届くには二日ほどかかります。何かあったとしても一報が届くのは明後日です」

「……………」

黎司は頭をかかえた。

「最初から……嫌な予感がしていたのだ。こんなことなら、縛り付けてでも董胡を行かせなければよかった。く……」

黎司は拳《こぶし》を握りしめ呻《うめ》いた。

「まだ董胡に何かあったとは限りません。はっきりと斬られたのは式神だけです。きっと董胡は無事です。私も、式神を再構築してみましょう」

「できそうか？」

「董胡が髪の束の半分を持っている限り、時間はかかりますが、その気を辿《たど》って再構築も可能かと……。しかし、もし董胡の気が辿れなければ……」

「気が辿れないとは……つまり……」

もう董胡が生きていないということだ。

翠明は答えられないまま俯《うつむ》いた。

黎司はしばし考え込んだあと、決心したように告げた。

「やはり……なんとしてもあの天術を試してみなければ……」

翠明は三日月の目を丸くした。

「で、ですが……不安定な天術で無茶なことをして、陛下のお体にどれほどの負担がかかるかも分かりません。いきなり試すのは危険過ぎます」

「だがそんなことを言っていては、どの術も試すことができない。ここで試さなければ、私は一生後悔するだろう」

「ですが……」

翠明は不安だった。

「菫胡の危機に何もできず指をくわえて見ているわけにはいかぬ」

何事もなければ、あえて試す必要もないと思っていたが……。

「これは……私が天術を使いこなせるようになるために、菫胡が示している道のように感じている。止めても無駄だ。もう覚悟は決まった」

迷いなく答える黎司に、翠明も渋々肯《うなず》いた。

「分かりました。私もできる限りお手伝い致します」

十、菫胡の薬膳料理講義

「うっ、うっ。茶民。壇々……。ううう……」

菫胡は式神侍女二人の髪を握りしめ、しくしくと泣いていた。

夕餉膳《ゆうげぜん》を準備して部屋に戻ってくると、もう側に茶民と壇々がいないことが急に淋《さび》しくなった。しかも二人は自分のために命を落としたのだ。

いや、正確には式神の命であって、本人達はたぶん大丈夫だろうとは思うが。

だが、目の前で二人が斬られる場面を見てしまった衝撃は変わらない。

「なんだ！　辛気臭い！」

夕餉のために部屋に戻ってきた尊武は、そんな菫胡を見つけると言い放った。

「式神が死んだぐらいで泣くな！　鬱陶《うっとう》しい！」

「尊武様のせいですよ！　尊武様が私を襲わせるように仕向けたせいで、茶民と壇々が……ううう」

つくづく許せない！

「ふん！　護衛のくせに弱すぎるだろう！　翠明の式神も大したことはないな」

「私のために命を落とした二人を侮辱するつもりですか！」

「は！　たかが式神の命だろう。紙切れのようなものだ」

「…………」

人の命すらも虫けらのように思っている尊武に、式神を思いやる気持ちなどあるはずもなかった。

「とにかく腹が減った。早く夕餉を出せ！」

蹴《け》っ飛ばしてやりたい気持ちを抑え、董胡は渋々尊武の前に膳《ぜん》を出した。

雲埆寮はあの後、大勢の者が捕らえられて閑散としていた。

最初に捕まった十人ほどの医師はすでに角宿にある牢屋《ろうや》に連れていかれたようだが、捕まったばかりの医生達は教場の一棟を牢屋代わりにして聴取を受けているようだ。

更にその後すぐに、特使団に反抗していた医師達も全員捕らえられたと聞いた。

残っているのは、正式な玄武の免状を持つ医師三人と伯生に従う僅《わず》かな偽免状の医師。

それから医生の反乱に加わらず、玄武の医師免状を受けるために猛勉強していた数十人の医生だけだ。成績の良い若い医生は思ったよりも玄武の試験に前向きで、多くが反乱に加わらず勉強に励んでいたのが救いだった。

「雲埆寮の医師達は何の罪で捕らえたのですか？」

董胡は尊武に料理を取り分けながら尋ねた。

「私を襲ったのは医生達ばかりだったと思うのですが……」

医師らしき人は見なかったように思う。

「ふん。あやつらは、雲埆一人に罪をなすりつけて自分達だけ今まで通り医師であり続けようとした最もずるい男達だ。今回も医生達を焚《た》きつけて、自分は手を下さず問題を起こさせて特使団を動揺させ、ほら見ろと自分達の意見を通すつもりだったのだろう」

確かに医生達は、いかにも雲埆が無実の罪を被《かぶ》せられたように吹き込まれていた。

「医生達の証言をもとに、虚言を吹き込んだ罪、さらには雲埆と共に謀《たばか》った罪、偽薬と知りながら売った罪、まあ……いくらでもほじくれば出てくるだろうな」

確かにずるい人達だと思うが、気の毒な部分もある。

「彼らも……死罪なのですか？」

「当然だな」

尊武は料理を食べながら、顔色一つ変えずに答える。

「死罪は厳し過ぎではないでしょうか？　何かもう少し軽い罰にはできないのですか？」

どんな罪であっても、命を奪うということがどうにも董胡には受け入れられない。

「ではどうする？　百叩《たた》きにでもして許してやるのか？」

「ま、まあ……百叩きも痛そうですけど……それで済むなら……」

「それで？」

董胡は何を聞かれたか分からず首を傾げた。

「刑罰を終えて出てきた者はどうすると思う？」

「どうする？」

「治療院も閉鎖され医師免状も剝奪《はくだつ》され、おまけに罪人となったのだ。今まで村で医師先生と敬われ威張り散らして、偽薬で大儲《おおもう》けしていた連中だ。楽で贅沢《ぜいたく》な暮らしに慣れた者達が、汗水流して働くと思うか？」

「そ、それは……」

「罪人と後ろ指をさされ、蔑《さげす》まれながら生きていけると思うか？」

「…………」

そう言われると、何も言い返せなくなる。

「世を恨み、玄武を恨み、皇帝を恨む者となるだろう。あるいは真っ当に生きる者を道連れに地獄への道を突き進むだろう。お前もまさに道連れにされるところだったのだろう？　違うか？」

「そ、それはそうですが……。中には改心して真面目に生きる者もいるかもしれないでしょう？」

「ふん、また改心か！　何度も言うが、そんな者であるならばすでに改心している。そして伯生に従い麒麟寮の組織作りに尽力しているはずだ」

「…………」

尊武の言う通りだった。

「人生が詰んだ者を生かしておいてもろくなことはない。あやつらも苦しむだけだろう。むしろ死罪にして苦しみから解放してやるのだ。礼を言ってもらいたいぐらいだ」

尊武の言うことは全然納得できないし、どこか間違っていると感じるのに、董胡には言い返す言葉が見つからなかった。

冷酷ながらも筋が通っているようにさえ感じてしまう。

「で、では、せめて、医師達に煽《あお》られて反乱を起こしてしまった医生達の罰はもう少し軽くできませんか？　彼らは嘘を吹き込まれ、憎しみを煽られた被害者でもあります」

「…………」

尊武は眉《まゆ》を顰《ひそ》め、呆《あき》れたように董胡を見た。

「お前は本気で言っているのか？　お前を殺そうとしたやつらだぞ？　嘘を吹き込まれたにせよ、明らかな意図をもってお前を殺そうとしたことに違いはないだろう？」

「で、でも……。嘘だったと分かったなら、彼らこそ改心して真面目に勉強して玄武の医師試験を目指す者になるかもしれません」

医生達はまだ若い者がほとんどだ。

やり直すための時間はいくらでも残っている。

田舎には医師となって戻ってくる彼らを待っている家族もいるだろう。

医師を目指した我が子が死罪になったなんて、家族はひどく悲しむに違いない。

なんとか死罪だけは回避してほしい。

尊武はじっと菫胡を見つめ、やがてにやりと微笑んだ。

「ふ。いいだろう。お前がそこまで言うのなら、医生達は百叩きの罰で許してやろう」

「ほ、本当ですか!!」

まさか冷酷無比な尊武が、こんなにあっさりと受け入れてくれるとは思わなかった。

この冷酷な尊武にも慈悲の心が僅かに残っていたのだ。

「刑罰を終えた者から順に自由にしてやろう」

「ありがとうございます!」

菫胡は若い命が奪われないことが単純に嬉《うれ》しかった。

◆

その翌日、菫胡は拓生と共に名誉師範の伯生の部屋に来ていた。

王宮の康生から手紙で話を聞いていた伯生が、菫胡に会ってみたいと言ったらしい。

伯生の住まいは、雲堝寮の人々から引き離すような隅っこにぽつりと建てられていた。

閑散としていて、滅多に人が来ないらしい。

生垣に囲まれた小さな一軒家になっていて、人里離れた仙人の住まいのようだった。

「あなたが董胡殿ですか。康生から話は聞いています。孫がずいぶんお世話になりました。ありがとうございます」

伯生は小さな畳敷の間で、ゆるゆると白髪の頭を下げた。

ずいぶん高齢なうえ、最初の出迎えで見かけた時よりもやつれた印象だった。

続き間の板敷の部屋には、長机がいくつか並び、小ぶりな医塾のように見える。

質素な造りで、尊武が泊まる雲埆の豪華な部屋とはまるで違う。

「私と雲埆は、数十年も昔ですが共に麒麟寮で学びました。私の方が雲埆よりも十歳ほど年上でしたが、二人で青龍の医術の発展について語り合い、いつか青龍の誰もがいつでも医師に診てもらえるような世を作ろうと夢を描いたものです」

伯生は遠い日を思い出すように語り始めた。

「麒麟寮から医師試験に二人も合格して青龍に戻ってきた時は、出迎えの人々に歓迎され英雄のように扱われたものです。当時の龍氏様にもお目通り頂き、私と雲埆は興奮して、必ず青龍のために尽くそうと誓い合いました」

あの雲埆にもそんな時代があったのだ。

「二人でまず小さな治療院を建て、お互いに切磋琢磨《せっさたくま》しながら医術の腕を磨きました。そして小さな治療院は大きな診療所に変わり、無医村の各地にも治療院を建てたのです。その頃は、玄武の私塾で学び医師免状を取って戻ってくる者も少なからずいました。私と雲埆はそれらの医師を取りまとめ、青龍の治療院を体系立てていったのです」

伯生は懐かしむように目を閉じた。

「あの頃は良かった。一番楽しかった時代です」

しかし、再び目を開いた伯生は、苦しそうに眉間《みけん》を寄せた。

「けれど……我らは短期間であまりに多くの成功を手に入れてしまった。いや、それでも雲埆より十歳上の私は、もう野心を持つほど若くなかった。しかし雲埆は……あまりに若くしてすべてを手に入れてしまったのです。若い成功が彼を変えてしまった……」

どうやら途中から意見が食い違うようになってきたらしい。

「特に現在の龍氏様に代替わりしてから、雲埆はすっかり欲に溺《おぼ》れてしまったのです」

十歳若かったからだけではないと董胡は思う。

目の前の実直そうな伯生なら、あと十歳若くても雲埆のようにはならなかっただろう。

「彼は薬の効能よりも、儲《もう》けを重視するようになりました。正しい知識を持つ医師よりも自分の儲けに繋《つな》がる治療をする医師を優遇するようになったのです」

それが偽薬作りと勝手な医師免状の発行に導いたのだろう。

「私が意見すると、雲埆は長年共に働いてきた私さえも目障りになったようです。私は年老いて耄碌《もうろく》し間違った医術を教えているのだと言われるようになりました。そうして隠居を迫られ、この一軒家に名誉師範の名だけ与えて追いやられました」

「そんな……」

正しい医術を教えようとした伯生は、雲埆によって医術を取り上げられたのだ。

やはり雲埆のしたことは許せない。

「雲埆のおかげで成功した医師達も、医術の志《こころざし》を忘れ、雲埆と共に金の亡者《もうじゃ》になりました。彼らが医術を牛耳った青龍は、偽薬と偽医師が蔓延《まんえん》する場所となったのです」

自分達の立場を守るために、これからも甘い汁をすすって生きていくために、正しい医術を葬り去ったのだ。

そこにはもう、青龍の医術の発展のために尽くそうとした尊い志はない。

「私はここで、本物の医術を学びたいという僅《わず》かな医生を密《ひそ》かに集め、教えてきました。しかし結局ここで何を学んでも雲埆の医師免状がなければ青龍で医師を続けることなどできないと、その数はどんどん減り、今では拓生を含めて十名ほどしかいません」

それでも僅かに残っていて良かった。

「私は青龍の医術の腐敗を見つめながら死んでいくしかないのだと絶望していました。けれど、あなたが雲埆の罪を暴いてくれた。あなたのお陰で、青龍は救われました」

伯生は董胡の手を取り、震える指で握りしめた。

「ありがとう、董胡殿。ありがとうございます」

「伯生先生……」

「今は多少混乱していますが、悪に染まったものを正すには、どうしても痛みは必要です。多くの医師が捕まり死罪となっても、今後、青龍の数多《あまた》の人々を救う医術の発展のためには仕方のないことです。この痛みは必要な通過点なのです」

そんな風に言ってもらえると、董胡は少しだけ救われた気がした。

このところ、董胡の方が雲埆を陥れた悪人のように言われ、自分でも何が正しいのか分からなくなっていた。余計なことをしてしまったと自分を責めたくなったりもした。

けれど、罪を暴かれた一方で、虐げられていた正義が救われたなら、その方がいい。

「お祖父《じい》様、董胡は料理も上手なのです。玄武では薬膳師という、料理で病を予防する職業があるそうなのです」

拓生が横から声を上げた。

「ほう。確かに麒麟寮で聞いたことがあります。けれど僅かな貴人に仕えるぐらいしか職がなく、目指している者も、薬膳師と名乗る人にも会ったことはありません」

伯生の言葉に董胡は肯《うなず》いた。

「はい。今もほとんどが世襲制の数少ない職です」

伯生は少し考えて、董胡に尋ねた。

「どうだろう、董胡殿。あなたの料理を医生達に振る舞ってはくれないだろうか？」

「料理を振る舞う？」

「ええ。美味《おい》しい物は人の心の警戒を解きます。いまだにあなたを悪く思う医生もいますが、薬膳師の作る実際の料理を前にしてあなたの実力を知れば、彼らの考えも変わるような気がします」

それを聞いて、拓生が目を輝かせた。

「それがいいよ、董胡！　君の料理は本当に美味しいから。きっと医生のみんなも驚いて君を認めるようになるよ。玄武の人に対する不信感も薄れる。実際に僕も董胡の饅《まん》頭《じゅう》を食べて信用しようと思ったのだもの」

料理で人の心を動かす。

それは董胡にとって、最もやり甲斐《がい》のある仕事だ。

もしも董胡の料理で、一人でも多くの医生が医術への志を強くできるのなら、やってみたい。

「私や特使団の医師に疑心暗鬼になっている医生達には、歳の近いあなたの言葉の方が響くかもしれません。進む道に疑念を持ちながら勉強するのは、彼らにとっても辛《つら》いに違いない。誤解が解けたなら、新たな気持ちで医師試験を目指せることだろう。どうか、彼らのためにお願いします。董胡殿」

伯生はもう一度董胡に頭を下げた。

「分かりました。私にどこまでできるか分かりませんが、やってみます」

すでに董胡の頭のなかには、いくつかの料理が浮かんでいた。

◆

その三日後、一番大きな教場に医生達が集められていた。

三人用の長い文机《ふづくえ》を前に、それぞれ座っている。

最初に出迎えを受けた時より半分ぐらいに減った人数になっていたが、まだ五十人ほどの医生が残っていた。

「みんな、忙しい中、集まってくれてありがとう」

前列に座っていた拓生が声をかける。彼がみんなを集めてくれた。

伯生や雲埆寮の医師達は、尊武達の特使団の面々と話し合いが続いていて、ここにはいない。ここに集まったのは玄武の医師試験の合格を目指す医生達だけだった。

そして医生達の前には腰の高さの教卓があり、その向こうに董胡が立っていた。

医生達は胡散臭《うさんくさ》そうに角髪《みずら》頭で薬籠《やくろう》を背負った董胡を見ている。

顔には覆布をつけて目しか見えず、青龍人の男性に比べてずいぶん小柄な董胡は子供にしか見えないようだ。

「ふん。来たくてここにいるんじゃねえよ」

「言う通りにしないと、今度は俺達が牢《ろう》に入れられるからな」

「今度は伯生先生の言う通りにしないと医師にはなれないっていうんだろ？」

「雲埆先生達が捕まって、日陰の身だった伯生先生の時代が来て良かったな、拓生」

「伯生先生もお前も、すっかり玄武の犬に成り下がって代表気取りかよ」

医生達はいら立った様子で拓生を罵《ののし》った。

信頼していた雲埆寮の教師達が次々に捕らえられ何も信じられなくなっているようだ。

長年信じ込んでいた考えを変えるのは容易ではない。

黎司にしても、皇帝に即位して先読みの力を示してみても、長年広められたうつけの噂はいまだに根強くはびこっている。

雲埆を英雄だと信奉しきっていた彼らには、やはり今でも英雄なのだ。

「伯生先生はそんなお方ではないよ」

「正しい医術を伝えようとした伯生先生を日陰に追いやったのは雲埆先生の方だ！」

数は少ないが、伯生を信奉する医生もいる。

類は友を呼ぶのか、不思議に拓生に似た、青龍人にしては華奢《きゃしゃ》な雰囲気の医生が多い。

医生の間も雲埆派と伯生派に分かれているらしい。

「ふん。とにかく、用があるならさっさと済ませてくれ」

「俺達は医師試験の勉強で忙しいんだ」

「お前らのように伯生先生の口利きで合格できるわけじゃないからな」

雲埆派の言葉に、伯生派の医生達が憤った。

「な！　伯生先生はそんなことはしない！」

「不正で受かろうとしていた君達と一緒にしないでくれ！」

今度は雲埆派が憤慨する。

「なんだとっ！」

すっかり一触即発の状態だ。

「ちょっと待って、みんな！　今日は最近医師免状を取られたばかりで薬膳師をしておられる董胡先生に来てもらっているんだ。玄武の薬膳師がどれほどの腕前なのか知ってもらいたくてお願いしたんだ。きっと試験の参考にもなるよ」

拓生が慌ててみんなに告げた。

「薬膳師？」

みんなが再び教卓を前にして立つ董胡を見つめた。

「薬膳師って？　なんだ、それ？」

「この子供みたいなやつが玄武の試験に合格したっていうのか？」

「俺は聞いてるぜ。こいつが雲埆先生を陥れた医師だろう？」

「なに？　こいつが！　じゃあ……こいつのせいで……」

雲埆派の医生達は明らかな敵対心をたぎらせ董胡を睨《にら》みつけた。

「み、みんな、誤解だよ。董胡先生は陥れたりしていない。間違っていたのは雲埆先生の方なんだ。董胡先生はそれを正して、とある高貴な方の命を救ったんだよ」

拓生が急いで反論した。しかし。

「ふん！　そんなことは何とでも言えるだろうが」

「お前は玄武のやつらの口車に乗せられているんだ」

「だいたい、こんな子供が雲埆先生の間違いを正しただと？」

「そんな言葉を信じているのか？　どうかしてるぞ、拓生」

人数の多さからいっても雲埆派の方が優勢だった。

反感を持たれているのは分かっていたが、やはり一筋縄ではいきそうにない。

董胡は背負っていた薬籠を教卓に下ろして、引き出しの一つから薬包紙を取り出した。

「まず、私から皆さんにお尋ねします」

董胡はそう切り出して、薬包紙をつまみ上げてみんなに見せた。

「これは『黄龍の鱗』の名で売られていた薬です。皆さんもよくご存じだと思います。この成分と効能について説明できる人はいますか？」

雲埆派の医生達は気まずそうに顔を見合わせ、その中の一人が声を上げた。

「それは雲埆先生の秘伝の薬だ。秘伝だから成分は知らされていないが、青龍でだけ採れるありがたい生薬が入っている。だからどんな病にも効く万能薬なんだ」

そういう風に習っていたらしい。

「残念ながらどれほど秘伝であっても、医師がその成分も知らずに処方するなどあってはならないことです。それではただの薬売りと何の違いもありません」

「…………」

少し厳しい董胡の言葉に、みんな黙り込んだ。

「それに何にでも効く万能薬など、長い歴史がある玄武の医術ですら見つけられていません。辛うじて葛根湯《かっこんとう》などは、多くの症例に効能がありますが、それであっても何にでも効くという訳ではありません」

「じ、じゃあ、『黄龍の鱗』はなんだったたって言うんだ！　お前はその成分が分かっているのかよ！」

雲埆派の一人が声を荒げた。

董胡は肯《うなず》いて薬包紙を教卓に広げ、黄色い一片をつまんで見せた。

「これは蠟梅《ろうばい》の蕾《つぼみ》です。確かに蠟梅は青龍以外で見かけない青龍独自の生薬です。鎮咳《ちんがい》、解熱に効能があり、咳《せき》のひどい風邪には効くかもしれません。また、抗菌作用もあり胡《ご》麻油《まあぶら》に漬け込んで火傷《やけど》に用いる場合もあったようです」

黎司がくれた『麒麟寮医薬草典』に翠明の祖父が書き記してくれていた。

「しかし、鎮咳ならば麻黄《まおう》の方がずっと効能は高い。私ならば、咳のひどい病には杏仁《きょうにん》、甘草《かんぞう》、石膏《せっこう》と合わせて麻杏甘石湯《まきょうかんせきとう》を処方するでしょう。あるいは風邪の始まりで発熱、頭痛があるならば、石膏を桂皮《けいひ》に替えて麻黄湯《まおうとう》にします。それとも、体力がなく空咳《からせき》が続くようなら麦門冬《ばくもんどう》を用いるかもしれません」

董胡がよどみなく説明すると、医生達がざわついた。

まさか子供のような董胡にこれほどの知識があると思わなかったらしい。

「残念ながら蠟梅にはそれらの生薬を凌《しの》ぐほどの効能はありません。そして、蠟梅以外に配合されているのは、ただの雑草です。蠟梅以上に効能のある薬草はこの中に含まれてはいませんでした」

「…………」

医生達は伯生派も含めて、衝撃の事実に青ざめていた。

拓生ですら、そこまでひどい偽薬だとは思っていなかった。

「さらにこちらの薬包紙は『蛟龍《こうりゅう》の卵』という名で雲埆殿が作った新薬です」

董胡はもう一つ、薬籠から取り出してみんなに見せた。

こちらは青龍の事件の後、手に入れて万寿に調べてもらっていた。

「この薬が何の成分でできているか分かりますか？」

医生達は、青ざめたままぶるぶると首を振った。

「この主成分は蠟梅の種子です」

そう聞いても何も知らない医生達は、お互いに顔を見合わせた。

「蠟梅の種子には附子《ぶし》に似た作用があります」

「附子!?」

さすがに医生達も、附子ぐらいは分かるらしく声を上げた。

「附子とは鳥兜《とりかぶと》の塊根に熱を加え減毒処理をして用いる生薬です。つまり減毒処理をしなければただの猛毒です。扱いを間違えると死を招く危険な生薬です。玄武の長い長い医術の歴史の中で、多くの犠牲者を出しながら研究を重ね作り出された生薬なのです。それと似た作用のある蠟梅の種子を、雲埆殿は新薬として用いようとしたのです。それがどれほど危険なことか分かりますか？」

董胡の問いかけに、全員がしんと静まり返った。

「また、大人も子供も一律に同じ用量を処方することもあり得ないことです。男性と女性であっても、青龍人のように体格差が激しい土地では慎重に処方せねばなりません。さらに症状の陰と陽、実と虚、あらゆる状態を読み取り、病の証《しょう》を探ります。玄武ではそれらの知識を身につけた者だけが医師と呼ばれるのです」

当たり前のようにすらすらと医術の知識を述べる董胡に医生達は愕然《がくぜん》とした。

自分達の知識の薄っぺらさに肩を落とす。

雲埆寮で習うことは、医術というには浅すぎるものだった。

「でも……どうか、諦《あきら》めないで下さい」

しかし董胡の力を込めた言葉に、医生達ははっと顔を上げる。

「新たな麒麟寮で確かな医術を身につけて、青龍で病に苦しむ人々を救って下さい。きちんと学べば、きっとこの中から立派な医師になる人もたくさん現れると思っています」

それは董胡の願いでもあった。

多くの罪人を捕らえ、多大な犠牲が出たからこそ、それ以上に多くの人々を救う礎《いしずえ》となって欲しい。ここにいる医生達が。

「医術は研究すればするほど奥が深く、新たな発見があります。さらに玄武では、生薬の知識を料理に取り入れ病を未然に防ぐ薬膳師という職があります。食材の一つ一つにも体に及ぼす効能があり、それらを整えることによって病の発症を予防するのです」

董胡が目配せすると、拓生と伯生派の医生達が厨房《ちゅうぼう》から医生用の膳《ぜん》に載せた料理を次々に運んできて、それぞれの文机《ふづくえ》に並べていった。

いい匂いのする膳の料理に医生達が目を見開いている。

そうしてすべての人に行き渡ったところで董胡は再び口を開いた。

「今日は私から医生の皆さんに薬膳料理を用意しました。なるべく青龍の食材を使い、手持ちの生薬を使ったものです。どうぞ召し上がってみて下さい」

董胡が告げると、医生達は不安そうにお互い顔を見合わせている。

いつも芽花椰菜と鶏肉ばかりで、見慣れない料理に戸惑っているようだ。

「まず主食ですが、鶏肉と干し椎茸《しいたけ》と椿油を使った炊き込み飯です」

董胡が言うと、さらに混乱が広まった。

「椿油？」

「そんなもの食えるのか？」

「燭台《しょくだい》の油で使うやつじゃないのか？」

茶色く色のついたご飯を不安そうに見つめている。

「青龍の道々には蠟梅と椿をよく見かけました。この雲埆寮にも椿がたくさん咲いていて秋に採れる種子から燭台用の油を作るのだとお聞きしました」

青龍では燃料油として使うために、椿があちこちに植えられているらしい。

「ですが玄武では椿の葉を傷口の止血用に使ったり、果実の種子から採れた油を圧搾して養毛剤として用いたり、花を滋養と便通に良い薬膳茶として用います」

ちょうど青龍へ出発する前に黎司に出した椿膳のために調べたことが役に立った。

「え？　椿が薬になるのか？」

「そんな話は聞いたことがないぞ」

董胡は肯いた。

「もっと効能が高く扱いやすい生薬が他にあるので、玄武でも治療院に置いているところは少ないはずです。けれど、医師試験に出ることはあります。あまり知られていない生薬だからこそ、難問の一つとして出たことは過去にあるようです」

試験に出たと聞いて、医生達の顔色が変わる。

「種子から採れる椿油はもちろん燃料剤として使うこともできますが、料理用の油としても使えます。くせがなくまろやかで、鶏肉の味を引き立ててくれます。鶏肉にはお腹を温め疲労を回復させる効果があります。干し椎茸は生薬名を香蕈《こうしん》と言い、貧血や高血圧に効き、胃腸の機能を高める効能があります。どうぞ食べてみて下さい」

董胡の説明にすっかり感心した医生の一人が箸《はし》を持ち、ぱくりと一口頬張った。

「う、美味《うま》い！　なんだこれ？　こんな美味い飯は初めて食べたぞ」

ぱくぱくと頬張る医生を見て、他の者達も急いで箸を手にご飯を頬張る。

そして一様に目を見開いた。

「本当だ。美味い。薬膳なんて言うからもっと薬臭い苦い料理かと思ったのに」

「普段食べている料理よりも全然美味いじゃないか」

嬉《うれ》しそうに言う医生達を見て、董胡も嬉しくなった。

「汁椀《しるわん》には、鶏もも肉と長葱《ながねぎ》を使いました。葱の根に近い白い部分を乾燥させたものは葱白《そうはく》という生薬として用いることもできます。初期の風邪に効能があると言われていま す。乾姜《かんきょう》を加えることでほどよい辛味と共に体が温まります。乾姜は葛根湯の成分の一つでもあります。冬の風邪予防に良い薬膳料理です」


葛根湯の成分と聞いて不安そうにする医生達だったが、また一人が声を上げた。

「美味い！　辛味がむしろ鶏の旨味を引き立てている。乾姜が入っているなんて信じられないぞ」


再び医生達が匙《さじ》を手に汁椀をすする。

そして驚いたように顔を見合わせている。

「それから一品料理として、油淋鶏《ゆーりんちー》を作りました。鶏肉に片栗の粉をつけ油で揚げ焼きにし、長葱、乾姜、白蜜《しろみつ》、大蒜《にんにく》などで味付けしています。大蒜は生薬では大蒜《たいさん》と呼び、冷えによる食欲不振改善のほか多くの効能があると言われています。添え野菜として芽花椰菜を蒸したものと一緒に召しあがってみて下さい」


医生達は、もう不安を浮かべることなく一斉に油淋鶏を頬張った。

そしてあちこちから「美味い！」という声が上がっている。

茹《ゆ》でた芽花椰菜と骨付き肉ばかりの食事に飽き飽きしていた医生達は、夢中になって膳の料理を平らげていった。

そして最後は甘味の椿餅《もち》だ。

「粗めにひいたもち米を蒸して餡《あん》を包み、椿の葉で挟んでいます。餡に使った小豆は、生薬名を赤小豆《せきしょうず》と言い、体内の余分な水分を排出してむくみを取る効果などがあります。椿の葉には邪気払いの意味もあり、椿餅は縁起のいい甘味として玄武では人気がありま す。葉は食さずに中の餅だけをお召し上がり下さい」

医生達は緑の葉に挟まれた椿餅を手に取り、かぶりついた。

「なんだこれ。美味い」

「小豆餡の饅頭《まんじゅう》はよく食べるが、こんなに美味いのは初めてだ」

「甘過ぎず歯ざわりがもちもちしていて美味《お》しいな」

すべてを食べ終わった頃には、あれほど敵対心いっぱいに董胡を睨《にら》みつけていた人々が、笑顔になっていた。

美味しい食べ物は、人の反感すらも鎮めてしまう。

まさにその瞬間を見ている気分だった。

「薬膳師ってすげえな」

「こんな料理を作れるのか」

「俺も薬膳師を目指してみようかな」

「いや、お前はまず医師免状を取らないとだめだろう」

「はは。確かに。けど、董胡先生のようになれるなら、頑張ろうって気になってきた」

「俺も。何年かかるかもしれないけど、頑張るよ」

嘘のように友好的になった医生も多くいた。

もちろんまだ半信半疑で警戒心を持つ者もいたが、最初のようなあからさまな悪意を示す者はもういなかった。

「凄《すご》いよ、董胡。僕が思っていた以上に凄い人だったんだね。兄上がわざわざ手紙に書いて寄越《よこ》した気持ちがよく分かったよ」

拓生が董胡の横に来て告げた。

「みんなも、もう一度医師を目指す意欲を取り戻したみたいだよ。ありがとう、董胡」

「ううん。力になれたなら、私も嬉しい。良かった」

次々に罪人が出て暗い気分になることばかりだったが、ようやく希望が見えてきた。

なにか董胡も役に立てた気がして久しぶりに明るい気分に浸っていた。

◆

後日、拓生が嬉しそうに董胡に報告してくれた。

なんでも、拓生と他の医生達が朝の清掃で雲埆寮の前を掃除していたら、まだ雲埆診療所の閉鎖を知らない若い女性が尋ねてきたそうだ。

「もし。診療所は開いてないのですか?」

「ええ。今は診ることのできる医師がいなくて閉じているのです」

編《あ》み笠《がさ》に薄絹を垂らした女性は、残念そうに尋ねた。

「では、ここにお医者様はいらっしゃらないのですか？」

「いえ。何人かいらっしゃいますが、今は寮の再建に忙しく患者を診ることはできないのです。診療所の再開まで、もうしばらくお待ち下さい」

それでも女性は諦《あきら》めきれないように尋ねた。

「お聞きしたいのですが、ここで一番腕のいいお医者様はどなたでございましょう？」

そこで医生は胸を張って答えたそうだ。

「それはもちろん医術の都、玄武からいらしている董胡先生です！　まだ若く角髪《みずら》頭で子供のように見えますが、医師としての腕はここの誰よりも素晴らしい方です！」

「まあ！　玄武からそのような名医が……。では、再開まで待ってみます」

女性はそれを聞いて納得したように去っていったそうだ。

「それを言ったのは雲埆派だった医生なんだよ！　今では雲埆派の人達もすっかり大人しくなって、文句を言わず真面目に勉強に励んでいる。伯生派になる医生も少しずつ増えているんだ。凄いよ、董胡」

拓生はそう言って嬉しそうに教場に帰っていった。

医生達も少しずつ、伯生を中心にまとまり始めているようだった。

十一、董胡の弱点

「やれやれ。やっと話がまとまってきた。やはり雲埆派の医師達が邪魔だったのだな。もっと早くにあいつらを難癖つけてでも捕らえておけば良かった」

尊武は夕餉膳《ゆうげぜん》を前に相変わらずろくでもない呟《つぶや》きを漏らしている。

ともかく、尊武達の特使団もようやく進展が見えてきたようだった。

この分なら医師団を残して、尊武と董胡はそろそろ王宮に帰れそうだ。

さすがに后《きさき》があまりに長く留守をするわけにはいかない。

黎司も心配しているかもしれない。

「いつ頃、王宮に帰れそうですか？」

董胡は蒸し饅頭を小皿に取り分けながら尋ねた。

尊武は小皿を受け取り、探るように董胡を見つめた。

「ふん。早く帰りたいようだな。そんなに帝《みかど》に会いたいか」

「べ、別に帝に会いたいから言っているわけではありませんよ！」

慌てて弁解したつもりだが、顔が少し赤らんだことに気付かれなければいいと焦った。

「お前は帝には鼓濤として会っているのだろう？　ちゃんと后らしくできているのか？」

「そ、それは……」

そうか……と、董胡は思い当たった。

尊武は鼓濤と董胡の二役のうち、帝の前では鼓濤だけ顔を見せていると思っているのだ。

まあ、普通に考えれば后の顔を見ていないとは思わないだろう。

実際は董胡だけが顔を見せているのだが、そんなことを尊武に教える必要はない。

「その姿のお前には色気のいの字も感じないが、女装すれば少しは色気もあるのか？」

今まで女としての董胡にまったく興味がなかったくせに、急に何を言い出すのかと慌てた。だが后として寵愛《ちょうあい》を受けているのだと、尊武には思わせておいた方がいい。

「そ、そんなこと、尊武様にお話しすることではありません！」

わざと意味深に言い放った。

「ふーん。なんだか気になるな。お前の女装姿を見てみたい」

「な！　何を言い出すのですか！　冗談はやめて下さい！」

ぎょっとした。女装なんてしたら朱雀で会った紫竜胆だとばれてしまう。

そのために部屋でも顔に覆布をつけているのだから。

「おい。その覆布を取って顔を見せてみろ！　王宮を出てから骨付き肉に齧《かじ》りついている顔しか見ていない」

「い、嫌ですよ！　は、早く食べないと饅頭が冷めますよ！」

「饅頭よりお前の顔が先だ。ちょうど翠明の目障りな式神もいなくなったことだしな」

「な！」

ずいと顔を寄せてきた尊武を避《よ》け、慌てて後ろにずり下がる。

こんな時、式神侍女二人が助けてくれたのに。

今はもういない。

「どれ。あの帝が惚《ほ》れ込むほどの美女なのか、しっかり顔を見てやろう」

尊武の手が董胡の覆布に伸びてきた。

もうだめだ、と思ったその時。

「董胡先生！」

突然、部屋の外から声がかかった。

助かったと思ったものの、この部屋まで他の人が来るのは珍しい。

「董胡先生！　いらっしゃいますか？」

なにか切羽詰まった様子だ。

董胡は尊武と顔を見合わせ、急いで声のする障子戸を開いた。

そこには拓生とよく一緒にいた伯生派の医生が青ざめた顔で佇《たたず》んでいた。

「どうしたの？　何か私に用事ですか？」

董胡が尋ねると、医生はじわりと涙を浮かべて信じられないことを告げた。

「拓生が……。拓生が……。斬られました」

「な！」

思いもかけない言葉に、頭の中が真っ白になる。

そんな董胡の代わりに、尊武が落ち着いた顔で膳《ぜん》の前に座り直して尋ねた。

「誰に斬られた？」

尋ねながら、饅頭《まんじゅう》を頰張っている。

こんな時によく食事ができるものだと呆《あき》れる余裕も、今の董胡にはなかった。

「百叩《たた》きの刑罰を終えて……今朝方、解放されたばかりの医生が……」

「ま、まさか……」

それは、董胡が減刑して欲しいと尊武に頼んで解放された医生だ。

「ふん。まあ……そうなるだろうと思っていたがな」

尊武は分かっていたように言って、饅頭を食べ続けている。

尊武は最初から分かっていたのだ。

減刑された者が次に何をするのか。

分かっていて、董胡の願いのままに解放した。

だが、減刑を言い出したのは董胡だ。一番の元凶は董胡だった。

「それで？　死んだのか？」

尊武は何でもないことのように尋ねて、さらに一個、饅頭を手に取って食べた。

「し、診療所に運んで……医師団の方々が治療してくれていますが……傷口が深く……出血が止まらないようで……いずれ失血死するだろうと……ううう」

医生は答えながら嗚咽《おえつ》を漏らす。

「そんな……。嫌だ……。拓生……。私のせいで……」

菫胡はようやく我に返ると、自分のすべきことに気付いた。

急いで部屋の隅に置いていた薬籠《やくろう》を背負う。

「私が助ける！　なんとしても拓生を助ける！」

そうして医生と共に診療所の方に駆け出していた。

「おい！　まだ食事の途中だぞ！」

尊武は呼び止めたものの、大きくため息をつくと、やれやれと立ち上がった。

「まったく。もっとどうでもいいやつを斬ればいいものを……」

面倒臭そうに呟くと、ゆるゆると菫胡を追いかけるように部屋を出た。


診療所の中はひどい惨状になっていた。

医師団は診察台に乗せられた拓生を取り囲み、必死に止血しているようだったが止血の布はみるみる赤く染まり、止まる様子はない。

背を斬られたようでうつ伏せの拓生の顔色は蒼白《そうはく》になっていた。

「だめだ。傷口を押さえても開いてしまう」

「血で滑ってうまく押さえられない」

医師達にはすでに諦《あきら》めの雰囲気が漂い始めていた。

その周りでは、拓生の友人らしい医生達がしくしくと泣いている。

「ひどいよ。拓生は何も悪くないのに……」

「逆恨みでこんなことをするなんて……」

どんどん顔色を失っていく拓生を見て、董胡はがくがくと体が震えるのを感じた。

「ま、まだ助かるよ！　良い薬を持っているんだ！」

董胡は叫んだ。

玄武ではあまり使うことはなかったが、切り傷や止血によく効く軟膏《なんこう》を卜殷が開発していた。卜殷秘伝の軟膏薬だ。

「剣を使う青龍では切り傷が多いかもしれないと多めに作って持ってきたんだ」

多めといってもお猪口《ちょこ》ぐらいの陶器にすりきり一杯だけだが。

董胡は薬籠を床に下ろし、軟膏を取り出して拓生のそばに行く。

しかし、その大きな傷口と溢《あふ》れ出る血の量に青ざめた。

軟膏を持つ手が震える。

それでも必死に震えを抑えて、軟膏を塗ろうとした。

しかし医師の一人が呆れたように董胡の手を止める。

「こんなに血が溢れているのに、どうやって軟膏を塗るんだ」

「傷が開いているのに、軟膏など塗っても無駄だろう」

医師達は口々に言う。彼らの言う通りだった。

皮膚と皮膚がくっついた状態であれば、軟膏を塗ることで傷口の再生を促すことができるが、開ききった傷口に塗ってもどうにもならない。

玄武の平民は剣を持つことが禁じられているため、これほど大きな切り傷を診ることはなかった。あってもせいぜい鎌や包丁でうっかり切った切り傷ぐらいだ。

「でも……何かしないと……このままじゃ拓生が……」

分かっていても何かせずにいられなかった。

しかし大きな傷口から血が溢れるのを見ると、足がすくんでしまう。

頭の中が真っ白で、何も浮かんでこない。

追い詰められた時こそ本領を発揮するいつもの董胡らしくなかった。

「董胡先生。拓生を助けて下さい！」

董胡を部屋まで呼びに来た医生が懇願する。

けれど、董胡にはどうにもできなかった。

なぜなら、董胡には医師として大きな弱点があったからだ。

座学は得意で、薬草の知識などは誰にも負けない自信がある董胡だが、鍼《はり》だけは苦手だった。

鍼の経絡や経穴などは完璧《かんぺき》に覚えている。だが人の体に鍼を刺すのが苦手なのだ。

なにより、人の体の傷を診るのが苦手だ。小さな切り傷や湿疹《しっしん》などは平気なのだが、
血が溢れ出るような怪我の処置はどうしてもできなくて、斗宿の治療院でもいつも卜股
と楊庵に任せていた。

董胡が薬膳師を目指すのも、そういう医師としての弱点を持っていたからだ。

克服しようとしても、どうしても無理だった。

(どうしよう。落ち着いて。何か拓生を助ける方法を……)

必死に考えようとしても、目の前の大きな傷口を見ると手が震えてしまう。

(だめだ……。私のせいで拓生が死んでしまう……)

しかし、絶望したその時、董胡の襟首が後ろにぐいと引かれた。

「どけ!」

はっと見上げると、尊武が面倒そうな顔で立っていた。

「尊武様……」

尊武は董胡の目の前にぐいと白い襷《たすき》を差し出した。

「この襷をかけて袖《そで》が邪魔にならないようにしろ!」

「え……」

董胡は呆然《ぼうぜん》と尊武を見上げていた。

「何をぼーっとしている! 早くしろ! こいつを助けたくないのか!」

「！」

菫胡は訳も分からないまま、手渡された襷で尊武の袖を結び留めた。

その間に尊武は懐から鍼箱を出して糸を通している。

それは医術の鍼ではなく、縫製に使う糸通しのある針だった。

「な！　何を……」

菫胡だけでなく、周りの医師達も驚いてその様子を見ていた。

「西方に外遊に行っていた時に教わった。切開術だ。体内の腫《は》れ物を取り除くそうだ。

そして切り開いた傷口を針と糸で縫い合わせる。私も実際にやるのは初めてだがな」

「な！　大丈夫なのですか？」

初めての治療で失敗したらと思うと恐ろしい。

しかし、尊武はそういう不安をまったく感じない人のようだ。

「大丈夫も何も、このまま何もしなかったらどうせ死ぬだけだろう。だったらやってみるしかないだろう」

初めてとは思えない落ち着きで傷口の血を拭《ぬぐ》う。

「おい。ぼけっとしてないで傷口を押さえて皮膚をくっつけろ！　縫えないだろう」

「は、はい……」

菫胡は命じられて震える手を伸ばした。

けれどぬるりとした血の感触だけで気を失いそうになる。

必死に平静を保とうとするが、傷口を押さえることなんてできそうにない。

尊武は震えて蒼白になる董胡を呆れたように見た。

「何をしている！　早くしろ！」

「は、はい……」

しかし手が震えてとても押さえるどころではない。

董胡は自分が不甲斐《ふがい》なくて情けなくなるのだが、どうしてもできない。

「何を震えている。お前はそれでも医師か？」

「…………」

董胡は震える手を握りしめたまま、尊武を見上げた。

やがて尊武は失望したように首を振った。

「もういい！　役立たずは邪魔なだけだ！　あっちに行っていろ！」

「…………」

董胡は青ざめたまま後ろに下がり、代わりに他の医師達が傷口を押さえた。

そして辛うじて閉じた皮膚組織を尊武が縫い付けていく。

その手さばきは初めてとは思えないほど滑らかで躊躇《ためら》いがない。

拓生が意識を失っているので痛みを感じないのが幸いだったが、もし痛がっていたとしても、尊武は躊躇いなく縫い続けるのだろう。

董胡にはとてもできない医術だった。

医師として果てしない敗北感が、董胡の心にずんと広がっていく。

まだ震える手を握りしめながら、自分の不甲斐なさに唇を噛みしめることしかできない董胡だった。


やがて縫い終わったのか、尊武はふうっと息を吐いた。

周りの医師達にも安堵《あんど》の様子が窺《うかが》える。

「た、助かったのですか？」

董胡は尊武に尋ねた。

「ふん。そんなこと分かるものか。やるだけやっただけだ。あとは本人の体力次第だろう。滋養の薬湯を飲ませて傷口の消毒をまめにすることだな」

名ばかりの医師かと思っていたのに、処置も指導も的確だった。

「ありがとうございます……。尊武様」

どうせ威張るだけの貴族医官だろうと思っていたのに、董胡は何一つ敵《かな》わなかった。

人の命に対して軽々しい発言ばかりしていたのに、まさか尊武がこれほどの技術を持っていて、人を助けてくれると思わなかった。

尊武がいなければ、間違いなく拓生は死んでいたのだ。

「人に感謝している暇があるなら、もっと医師として一人前になることだな」

尊武の言う通りだった。

薬膳の知識を披露して、名医などと言われていい気になっていた自分が恥ずかしい。

「塗り薬があるなら、塗っておけ。少しは効くかもしれない」

「は、はい。後は目が覚めるまで私が看病します」

他の医師達も、切開術を初めて見た興奮と感動で尊武に深々と頭を下げていた。

どれほど非情であっても、他人の命を虫けらぐらいにしか思っていなくても、尊武は拓生を助けてくれた。

その事実が、董胡の心に重く刻み込まれていた。

◆

それから三日間、董胡は一睡もせずに拓生のそばについて看病した。

傷口の処置では何もできなかっただけに、その後の治療は全力を尽くしたい。

血を大量に失った体のために、持ってきた薬剤を使って滋養の薬膳汁を作る。

虚血にいいとされるのは、金針菜、松の実、それに黒きくらげ、棗《なつめ》、それから斗宿原産の冬虫夏茸《とうちゅうかたけ》だ。持ってきておいて良かった。

薬膳汁を少しずつ口に含ませ、傷口を消毒して軟膏《なんこう》を塗り直す。

卜殷先生の軟膏はよく効いて、みるみる傷口が修復されていく。

こんなに大きな傷に塗るのは初めてだったが、思った以上の名薬だった。

そんな菫胡の看病の甲斐《かい》もあって、ようやく三日目に拓生は目を覚ました。

「拓生！　目が覚めたんだね！」

「菫胡……」

拓生はまだ朦朧《もうろう》としながらも微笑んだ。

「君が……助けてくれたの……？」

しかし菫胡は力なく首を振った。

「ううん。私は何もできなかった……。拓生を助けてくれたのは尊武様なんだ」

「尊武様……。あの冷酷そうな人が……」

拓生はほんの少し目を見開いた。

「ごめんね。拓生。私が医生の罪を減刑して欲しいと頼んだからなんだ。だから百叩《たた》きだけで解放された。その医生が拓生を斬ったんだ」

「…………」

拓生は考え込むように視線を落とした。

「私が減刑など頼まなければ、拓生が斬られることなんてなかった。私のせいなんだ」

しかし拓生はゆっくりと首を振った。

「……ううん。菫胡のせいじゃないよ。僕だって……彼が減刑されたと聞いて嬉《うれ》しかったんだ。特使団の方達は慈悲深いと喜んでいた。僕が菫胡の立場であっても、きっと減刑をお願いしていたはずだ」

「僕を斬った人は雲埆派の医生で一番優秀だったんだ。いつも僕と成績を争っていた」

「斬った人を見たの？」

背中を斬られていたので、不意打ちのような感じなのかと思っていた。

「僕は彼が解放されたと聞いて素直に嬉しかった。百叩きで弱っていると聞いて、董胡に教えてもらった薬膳粥《やくぜんがゆ》を持っていってあげようと厨房《ちゅうぼう》で作っていたんだ」

そんな拓生を斬り捨てたらしい。

「厨房に現れた彼に、僕はちょうど粥《かゆ》を持っていくところだったのだと背を向けた。その瞬間斬られていた。彼には僕が憐《あわ》れんで馬鹿にしているように思えたんだろうね」

「拓生はそんなつもりじゃなかったのに……」

ひどいと思った。しかし。

「そんなつもりじゃなかったなんて、僕には言い切れない。今になって思えば、もしかしたらほんの少しだけ、優位に立ったような気分になっていたのかもしれない。まったくの善意だけだったなんて……言い切れないんだ」

「拓生……」

「彼は……どうなるの？　やっぱりもう死罪なの？」

拓生はこんな傷を負わされてもまだ医生の心配をしていた。

「他の捕まった医生達は？　彼が僕を斬ったから減刑は無しになるの？」

「拓生……」

「さ、さあ……。あれから尊武様と話していないから分からないけど……」

拓生はじわりと涙を浮かべた。

「僕が……粥なんか作ったから？　僕が憐れんでしまったから、みんな死罪になってしまうの？　僕はどうしたら良かったの？」

「それは……」

他の医生達は減刑されると喜んだのに、また死罪を言い渡されるのだろうか。

それは最初よりももっとひどい絶望を与えるだろう。

そして拓生を斬り捨てた医生のせいだと、新たな憎しみを増やすのだろうか。

そんなことになるなら、最初から尊武の言う通り全員死罪の方がましだったかもしれない。無慈悲に思える尊武が一番正しかったということなのか。

董胡には何が正しいのか分からなくなっていた。

そして拓生も同じ気持ちなのだろう。

「ねえ、董胡。一点の曇りもない善意ってあるんだろうか？　一点でも曇りがあれば、それは偽善になってしまうの？　ほんの少しでも偽善が混じっているなら、他人に善意など向けない方がいいのだろうか……」

拓生の疑問の答えを一番知りたいのは董胡だった。

◆

「まったく、三日も仕事を放棄するとは何事だ！　お前は私の使部だろう！」

三日目にようやく部屋に戻った董胡に、尊武はさっそく小言を漏らした。

「またあの芽花椰菜と骨付き肉ばかりだったのだぞ！　おかげで痩《や》せてしまった」

「す、すみませんでした。今日はその分、全力で料理を作りましたから」

尊武への反感から、いつも少しばかり手を抜いた料理を出していた。

だが、今日は拓生を助けてくれた恩義を込めて全力で作った。

尊武には何よりも見た目の美しさが重要なのだと分かっていたので、膳《ぜん》の上は彩り豊かで盛り付けも丁寧な料理が並んでいる。

芽花椰菜と鶏肉が中心ではあるが、味付けも多彩にして飽きないようにしていた。

董胡が差し出した膳を眺め、尊武は少し機嫌を直したようだ。

「ふむ。お前もやればちゃんとした料理が作れるのではないか」

やはり見た目の美しさは料理の満足度に大きく影響しているらしい。

蒸し饅頭《まんじゅう》ももちろん別にある。

それらを取り分けて尊武に差し出しながら、董胡は気になっていたことを尋ねた。

「ところで、拓生を斬り捨てた医生はどうなりましたか？」

「…………」

尊武は饅頭を三口で食べながら董胡を見つめた。

「まさか……まだ減刑を望んでいるわけではあるまいな」

「い、いいえ。さすがに拓生が死にかけたのですから……もう……死罪は免れないと思っています」

「すでに極悪人の扱いで角宿の牢《ろう》に連れていかれた。先に入っている雲埆寮の医師達よりも前に刑が執行されるだろう」

やはりそういうことになったかと俯《うつむ》いた。

「だが、まあ本人も死罪を望んでいる。早く叶《かな》えてもらえて幸せかもしれないな」

「死罪を望んでいるのですか？」

「ああ。医師になれないなら生きていてもしょうがないらしい。百叩きで減刑されて、生き恥を晒《さら》して生きていく方が屈辱だったのだろう。死罪になるために誰でもいいから斬り捨ててやろうと思っていたが、一番医師になる夢を叶えそうな拓生を斬ってやろうと思いついたそうだ。自分の不幸の道連れにしたかったのだろうな」

「そ、そんなことを彼が？」

董胡は驚いた。

拓生は自分の善意のせいで彼を死罪にしてしまうと悲しんでいたのに。

そんな拓生の気持ちを踏みにじって自分の死罪成就と腹いせのために斬ったのだ。

「ひどい……。拓生は彼のために自分を責めてさえいたのに……」

董胡が言うと、尊武はふんと鼻を鳴らした。

「どうやら馬鹿の周りには馬鹿が集まってくるようだな」

「な！」

拓生を助けてくれたから少し見直したつもりだが、やはり尊武の言い方は腹が立つ。

「お前達の頭の中は甘ったるい砂糖菓子でできているのか？」

「ど、どういう意味ですか！」

憤る董胡に尊武は肩をすくめた。

「罪人には罪人となるだけの生い立ちと素養と思考回路がある。そんなものが多少の善意で覆《くつがえ》ると思うのか？　他人の善意も親切も、被害妄想で捻《ね》じ曲げて考える思考回路が出来上がっているのだ。いずれ社会の害悪にしかならぬ者など、早い時期に排除するがいい。それが多くの人々の幸福に繋《つな》がる。あやつらにできる最高の社会貢献は、さっさとこの世界からいなくなることだ。今回のことでよく分かったのではなかったのか？」

「そのために……尊武様はわざと一番事件を起こしそうな人から解放したのですか？」

董胡はそれが気になっていた。

尊武はにやりと微笑む。

「そうだ。それが一番手っ取り早くお前に現実を教えられるからな。お前のために心を砕いて差し出した私の善意だ」

「そ、そんなもの、善意とは言いません！」

やっぱり共感できない。

どうしたって尊武を理解することなどできない。

自分だって朱雀で極楽金丹《ごくらくきんたん》を広めてあくどいことをしていたのではないのか？

医術の神聖な鍼《はり》を戦闘に使ったのではないのか？

彼らが害悪だと言うなら、尊武こそ間違いなく一番の害悪だ。

「尊武様は……ご自分が社会の害悪ではないと言えるのですか？」

董胡は思わず告げていた。

朱雀のことに気付かれないように、なるべく尊武の罪には言及しないつもりだったが、どうしても聞いてみたい。自分をどう思っているのか。

「社会の害悪？　私がか？　私が何をしたと言うのだ？」

「そ、それは……」

口ごもる董胡を、尊武はじっと見つめた。

（しまった。何か気付かれてしまったか……）

焦った董胡だったが、尊武はどういうこともないように答えた。

「まあ……若い頃は少しばかり気分が不安定で多くの者を斬り捨てたな」

「な！」

尊武の衝撃の告白にぎょっとした。

「なんだ？　そのことを言っているのではないのか？」

相変わらず何でもないことのように告げる。

「多くの人を……斬り捨てたのですか？　そんな恐ろしいことを……」

董胡に咎《とが》められても気にしていない。

「何かに憑《つ》かれていたのだろう。病のようなものだ。仕方がなかった」

「仕方がないって……そんな病があるわけないでしょう」

董胡はなんという恐ろしい人とこの数日共に過ごしてきたのかと、今更ながらぞっとした。

「まあ、最近は無意味に斬ってはいないぞ。返り血を浴びるからな。あれは気持ちが悪くて着物が汚れる。後始末が面倒だからな」

「そんな理由で……」

返り血を浴びなければ今でも斬っても構わないような口ぶりだ。

「尊武様こそ、一番の悪人ではないですか！」

「…………」

尊武は声を荒げる董胡を不思議そうに見つめた。

「お前は何か勘違いをしているようだな」

「勘違い？」

さっぱり尊武の言っている意味が分からない。

「私が一度でも親切な善人ぶって、他人に媚《こび》を売ったことがあるか？」

「いえ……。まったく……」

少しぐらい媚を売ったらどうかと呆《あき》れるぐらい、やることなすことすべて悪辣《あくらつ》だ。

「そうだろう。私はどこからどう見ても、間違いなく悪だ」

「な！」

自分を悪だと認めるのか。

「では……先ほどのお話でいうと、真っ先に社会から排除されるべき人のように思いますが？」

自分が言ったのではないか。

世界のためにいなくなるべきだと。

「人の話はちゃんと聞け。私は社会の害悪になる者と言ったのだ。悪人とは言ってない」

「同じではないのですか？」

その二つに違いがあるようには董胡には思えなかった。

「悪には害悪と必要悪がある。まさか世界から悪がすべてなくなれば幸福の世が来るなどと思ってはいないだろうな？」

董胡は訳が分からず戸惑いながら答えた。

「思っていますけど……」

悪なんて全部なくなれば平和な世になる。

そうじゃないと言うのか？

「お前はもう少し聡《さと》いのかと思っていたが、やはり馬鹿だな。初代、創司帝が善意だけでこの伍尭國を築いたと思っているのか？」

「違うのですか？」

尊武はやれやれと首を振って答えた。

「各地の強者が私欲を持って勝手な自治社会を築いていた時代だ。それらの烏合《うごう》の衆達をまとめ国を造るためには、多大な犠牲が必要だった。従わぬ者は罰し、秩序を乱す者は排除し、自分の手足となって尽くす者にだけ権力を与えたのだ」

「そ、それは……国に従わぬ悪人だから……」

「ふん。創司帝が善で、従わぬ者が悪だと誰が決めた？　創司帝が自ら自分を善意の皇帝に仕立て上げたのだろう？　悪と呼ばれた中には、良き村長だったり、頭領だったりした者もいたはずだ。しかしそんなことを気にしていては、一代で国を築くことなどできなかっただろう。侵略も暴虐もなく国をまとめることなどできない」

「…………」

董胡は伍尭國のほとんどすべての人と同じく、創司帝は慈悲深い奇跡の皇帝だと信じて疑ったことなどなかった。伍尭國の貴族も平民もすべて、創司帝は素晴らしい人だと幼い頃から教わって育っている。

侵略とも暴虐とも無縁の神のような人だと思っていたのに。

「あるいは創司帝は自分だけは手を汚さず清廉潔白な皇帝と祭り上げられて、配下の側近が悪の部分をすべて請け負ったのかもしれぬがな。どちらにせよ時代を動かすのも、世界を繁栄させるのも悪の暗躍があってこそだ。善人とは、悪人が身を削って残虐《ざんぎゃく》の限りを尽くして繁栄させた世界を、甘ったれた正義を吐いて我が物顔で享受する図々《ずうずう》しい者のことを言う」

「な……」

なんて歪《ゆが》んだ思考なのだろうと思う。

だが尊武は、董胡が自分をどう思おうとどうでもいいのだろう。話を続けた。

「本物の善人が民を奴隷のように使って自分のための城を造れと命じられるか？　理想の国を造るために格安の報酬で民を働かせられるか？　壮大な王宮も、華麗な都も、権力を奪われ弱者となった労働者によって築かれた。彼らは田畑を耕す農民から、民達の稼ぎから税を取り立て、貴族を養わせる制度を作った。誰にも不平を言わせないために、皇帝を神に祭り上げたのだ。そうして伍尭國は繁栄してきた。お前が今、法と制度に守られ、安寧に暮らしている国というものは、悪人達の綿密な計画とずる賢い策略と暴虐による繁栄でできているのだ」

「…………」

「善人だけの世界に繁栄などない。悪なくして発展などあり得ない。違うか？」

でも……だからといって人を気分で斬り捨てたり、害のある金丹を広めたり。そんな尊武が害悪でないという説明にはなっていない。

「では……尊武様ご自身は……害悪ではなく必要悪だと言うのですか？」

董胡には尊武こそ害悪にしか思えない。

「害悪と必要悪の違いは何だと言うのですか？」

董胡の問いに尊武は少し考えた。

「そうだな……。こんなことを人に説明しようと思ったこともなかったが……その問いに答えるとするなら……」

そうして思い至ったように告げた。

「私は世界の繁栄と発展のためだけに行動している。その道に邪魔なものがあれば、躊躇《ためら》うことなく排除する。それを人々が悪と呼ぶだけだ。自分の利益と保身のために私欲に溺《おぼ》れて行う悪とは次元が違う。そもそも比べるべくもないものだ」

「世界の繁栄と発展のため……」

分かるようで分からない。

「善も同じだ。自分を良く見せるため、私欲のために行う善は偽善。私に言わせれば害善だ。お前が身近な医生達に情けをかけて減刑を望んだのも、自分が多くの医生を死罪に導いた悪人になりたくなかったからだろう？　ひどい人だと言われたくなかったのだ。もちろんそれだけではなかったのだろうが、世間に恨みを持った彼らが解放されたら、社会に危害を及ぼすかもしれないなどと考えもしなかった。気の毒な医生を救った慈悲深い自分に酔いしれて、無関係な多くの人々の迷惑など見えていなかったのだ。お前の偽善は間違いなく拓生の害となった。害善だろう」

「そんな言い方……」

ずいぶんな言われ方で腹立たしいが、結果は確かにその通りになってしまった。

「では、本物の善とはどんなものだというのですか！」

尊武は問われて肩をすくめた。

「さてな。偽善と害善しか見たことがないので知らぬな」

「じ、じゃあ、尊武様は世の中には善人などいないと言うのですか？」

董胡がこれまで生きてきた場所は、そんな殺伐とした世界だというのか。

「この世に本物の善人がいると言うなら、会ってみたいものだ。そうすれば私の考えも多少は変わるかもしれない」

本物の善人などどこにもいないし、自分が変わることはないと思っているのだろう。

尊武には何か揺るぎのない不動の信念のようなものがある。

そして董胡にはそれを覆すだけの言葉が思い浮かばない。

こんな風に世界のことを考えたこともなかった。

それが尊武の言う次元の違いなのだとすれば……。

尊武は董胡の遠く及ばない場所から世界を見ているのだろうか。

黙り込んで俯《うつむ》く董胡を見て尊武は再び饅頭《まんじゅう》を三口で食べ、ふ……と笑った。

「だがまあ、害善は害悪と違って、排除しなければならないほど邪魔ではない。悪人が利用するには便利な馬鹿だ。お前は医師としては半人前だが、料理が得意なのは認めよう。お前の作る饅頭は悪くない。だからお前を排除しようとは思っていない。安心しろ」

全然安心できない。

むかむかと腹が立つのに言い返せない自分が情けない。

ただ、この危険人物にこれだけは聞いておかなければならなかった。

「尊武様は……もしも帝《みかど》が邪魔な害悪だと思ったら……排除するのですか？」

「…………」

尊武は無言のまま董胡を見つめ、不敵に微笑んで答えた。

「当然だな。帝であっても私が迷うことなどないだろう」

「！」

董胡は血の気が引くのを感じた。

しかし、そんな董胡に尊武は続けて告げた。

「だがまあ……今のところ、私にとっても帝は必要な存在だ。せいぜい忠臣として仕えさせて頂く。帝にとっても私は必要なはずだ。今のところはな」

「…………」

董胡はほっと息を吐いた。

何を企《たくら》んでいるのか分からないが、今のところは黎司の味方であるようだ。

ほっとしている場合ではないのかもしれないが、できればこの得体のしれない尊武を敵にしたくないというのが本音だった。

まだ周りじゅう敵だらけの黎司には、あまりに危険な相手だ。

逆に尊武が黎司の味方であるならば……認めたくないが心強さを感じてしまう。

腹立たしいけれど、危険だけれど、今の黎司にとって必要な人だと感じた。

しかしそう感じる自分が正しいのか間違っているのか、それすらも董胡には分からなくなっていた。

十二、攫《さら》われた董胡

尊武と話した後、董胡は一人で雲埆寮の中庭に出ていた。

あの恐ろしい尊武のそばにいたくないというのもあるが、一人になってゆっくりいろいろ考えたかった。

尊武には中庭の薬草を摘んでくると言って薬籠《やくろう》を背負って出てきた。

薬草を補充したいのも本当だった。

上弦の月が照らす雑草の生えた中庭は、人影もなくしんとしている。

雲埆寮の薬草園はあまり手入れがされていなくて、薬草の種類も少ない。

「やっぱり紫根《しこん》の材料は無いか……」

拓生の傷に塗る軟膏《なんこう》に必要な紫根の材料が欲しかったのだが、無さそうだ。

そもそも季節的にも無いだろうとは思っていた。雲埆寮の薬庫にも無かった。

紫根はムラサキという植物の根を摘んで乾燥させた生薬のことだ。ムラサキは春から夏にかけて花が咲き、その名の通り紫の根を持つ。

「当帰《とうき》と豚の脂《あぶら》は手に入ったのだけれど……」

紫根と当帰と豚の脂に、胡麻油《ごまあぶら》と蜜蠟《みつろう》を加えて作る軟膏だ。

斗宿にいた頃、卜殷が試行錯誤しながら作り出した秘伝の軟膏だった。

ほとんどの傷が跡かたもなく綺麗《きれい》に治る不思議な薬だ。

けれど角宿には紫根だけが見当たらない。

「持ってきた軟膏はもうなくなりそうだから、作っておきたいのになあ……」

ため息をついて呟《つぶや》いた董胡は、ふと上空から名を呼ばれたような気がした。

「とうこ……」

はっと空を見上げたが、そこには斜め下半分だけで浮かぶ月が輝いているだけだ。

「気のせいか……。空から声がするなんてあり得ないものね。でも、今の声……」

月を見ると、いつも黎司のことを思い出してしまう。

「レイシ様……なわけがないのにね……」

願望が空耳になって聞こえたのだろう。

今頃、王宮で何をしているだろうか。元気にしているだろうか。

「レイシ様なら、あの尊武様にどうお答えになったのだろう……」

董胡ではまったく太刀打ちできなかった。

何かが間違っていると思うのに、言い返す言葉が浮かばなかった。

むしろ自分の方が間違っていたのではないかと、何が正しいのか分からなくなった。

「ここにレイシ様がいらっしゃったら、私にどんな言葉をかけて下さるだろう」

黎司なら、何か正しい答えを持っているような気がする。

尊武の思い描く殺伐とした世界ではなく、もっと優しく温かい世界に董胡を導いてくれるような気がする。

あの誰に対しても不遜《ふそん》な尊武ですら、黎司にだけは一目置いているように感じるのは気のせいではないはずだ。

「レイシ様に会いたいな……」

言葉に出して言うと、強烈に会いたくなった。

黎司さえいれば、どこにいても淋《さび》しさを感じないのに。

もはや斗宿にもどこにも帰る場所のない董胡にとって、黎司の居る場所こそが自分の居場所なのだと感じている。

そんな郷愁のような気持ちに浸る董胡に、ふいに草むらから声がかけられた。

「董胡」

今度は空耳ではなく、はっきりと聞こえる。

董胡はぎょっとして草むらに目を凝らした。

「俺だよ、董胡」

草むらから真っ黒な影が現れて、董胡はすぐに気付いた。

「楊庵！」

「しっ！　本当はこちらから接触したらだめだって言われているんだけど……」

楊庵は周りを窺《うかが》いながら、再び草むらに身を隠して告げた。

「どうしたの？　何かあったの？」

「うん。実は偵徳先生の様子がおかしくてさ……」

「偵徳先生が？」

そういえば、先日助けてくれた時も様子がおかしかった。

尊武を睨《にら》んだまま、久しぶりに会った董胡に声もかけずに行ってしまった。

「頬と胸の古傷が痛むらしいんだ。眠れないみたいで夜中も苦しそうにしているのに、突然起き上がって、行かなければってうわ言のように言って飛び出そうとするしさ。もうどうしたらいいのか分からないんだよ」

「今はどうしているの？」

「黄連解毒湯があったから、それを飲ませて眠ってる。でもすぐに目を覚まして苦しみだすんだ。俺達は密偵として来ているから薬も持ってきてないしさ。董胡なら何かいい薬を煎《せん》じてくれるんじゃないかと思って」

楊庵は困り果てたように覆布から見えている目元を歪《ゆが》めた。

「偵徳先生のいる麒麟のお社《やしろ》は、ここから遠いの？」

「いや、すぐそこだよ。雲埆寮を出てすぐのところだ」

「じゃあ、今から行くよ。ちょうど薬籠も背負ってきているし」

「本当か？　抜け出して大丈夫なのか？」

「うん。夕餉《ゆうげ》も終わったし、朝餉の時間まで用事はないから」

尊武は食事の用意さえしていれば董胡に用事を言いつけることもない。

食事を作る使部としての董胡にしか興味はないのだろう。

その他の時間に董胡が何をしてようとどうでもいいようだった。

薬草を摘みにいった董胡が、いつ部屋に戻って寝ているかなんて気にしないはずだ。

「良かった。助かるよ」

楊庵はほっとしたように言って、さっそく二人で麒麟の社に向かうことになった。

麒麟の社は楊庵が言ったように、本当に雲埆寮を出て角を曲がればすぐのところにあって、朱雀で泊まったお社とほとんど同じ造りの建物だった。

隠れた裏口があって、楊庵が董胡をこっそりそこから中に入れてくれた。

すでに寝静まっているのか廊下に人影もなく、しばらく進んだあと楊庵達の泊まっている部屋に辿《たど》り着いた。

楊庵がそっと襖《ふすま》を開くと、偵徳が目覚めたのか起き上がろうとしていた。

「偵徳先生！」

董胡が駆け寄ると、偵徳は驚いたように目を見開いた。

「董胡！」

「具合がお悪いと聞きました。寝ていないとだめですよ！」

慌てて董胡が布団に寝かせようとしても、偵徳はそれに逆らうように体を起こそうとする。

「俺は行かないとだめなんだ。あいつを……あいつを斬り捨てに行かないと……」

「斬り捨てるって……何を言っているんですか！」

何か幻覚のようなものでも見て妄言を吐いているのかと思った。

「正気になって下さい、偵徳先生！」

しかし偵徳は凄《すご》みのある光を目に宿し、董胡をぎろりと睨んだ。

「俺は正気だ。あの男を……。遠目では気付かなかったが、近くで見たらすぐに分かった。あの男に間違いない」

董胡は嫌な予感がしながら尋ねた。

「あの男とは……もしかして尊武様のことですか？」

偵徳が驚いたように見ていたのは、間違いなく尊武だった。

「尊武……。特使団の団長だとだけ聞かされていたが……あの男は……」

偵徳と楊庵は、董胡のために黎司が付けてくれた密偵で、その他の詳しい情報は知らされていなかったようだ。

もはや隠していても仕方がない。董胡は答えた。

「玄武の亀氏様のご嫡男です」

「亀氏の嫡男……。やはり……そうか……」

貞徳は合点がいったように、ぎりりと唇を噛《か》みしめた。

そして頬の古傷が痛んだのか、両手で傷跡を覆って顔を歪めた。

「尊武様をご存じなのですか？」

董胡に問われ、貞徳は拳《こぶし》をぎゅっと握り込んで答えた。

「ご存じもなにも……この傷をつけた、まさに張本人だ」

「な！」

董胡と楊庵は驚いて顔を見合わせた。

「その傷って……だってそれは二十年近く前の話なんじゃゃ……」

尊武は黎司とさほど歳が違わないぐらいに見える。

二十年も前といえば、まだ尊武だって子供だったはずだ。

「十七年前だ。俺は十二になったばかりで……あの男は……七、八歳の子供だった」

「子供⁉」

董胡と楊庵はぎょっとして叫んだ。

貞徳の傷のことを詳しく聞いたことはなかったが、まさか子供に斬られたとは思いもしなかった。　無慈悲な青年貴族だと思い込んでいた。

「吊《つ》り気味のあの目。忘れもしない。涼やかで上品な雰囲気。それも変わっていない。しかも公子様と呼ばれていた。玄武では亀氏の子息のことだろう」

「まさか、そんな……」

いくら何でも、七、八歳の子供がそんなことをするなんてと思ったけれど。

（あの尊武様ならあり得るかもしれない）

この数日、尊武と共に過ごした董胡なら分かる。

むしろそんなことをする子供がいるとしたら、尊武以外考えられない。

（やっぱり害悪じゃないか。幼い偵徳先生を斬るなんて、害悪そのものじゃないか）

尊武はいかにも自分の悪に大義名分があるように言っていたけれど、しょせんは悪人の口先だけの言い訳だ。

うっかり丸め込まれそうになっていた自分が情けない。

「あいつを斬り捨ててやる！　復讐《ふくしゅう》してやるんだ。俺の長年の苦しみをあいつにも……」

再び立ち上がろうとする偵徳を、董胡と楊庵が二人がかりで引き留めた。

「ま、待って下さい！」

「落ち着いて下さい、偵徳先生」

「止めるな！　俺はこのためだけに生きてきたんだ！」

偵徳は二人を振り払って立ち上がろうとする。

董胡は悩んだ挙句、告げた。

「そのお体で尊武様を斬り捨てられると思うのですか？　あの人は朱雀の若君ですよ！」

「！」

偵徳と、楊庵も驚いた。

「じゃあ……。やっぱりあの男で間違いなかったのか？」

楊庵には疑惑があるというだけで、まだはっきりと告げていなかった。

「うん。間違いない。偵徳先生は朱雀では直接会ってないけれど鍼《はり》を使った妙な技を持つ相手だということは聞いているでしょう？」

「……………」

偵徳は青ざめた顔で、立ち上がるのを諦《あきら》めて布団の上に座り込んだ。

「な、なんてやつだ！　朱雀で害のある金丹《きんたん》を広め、子供ながらに偵徳先生を斬り捨てたというのか。極悪人じゃないか！　そんなやつが玄武の嫡男……。次の玄武公なのか」

楊庵が信じられないように呟《つぶや》いた。

言われてみればそうだ。

すっかり失念していたが、尊武はこのままいけば次の玄武公なのだ。

彼が統治する玄武とは……いったいどんな地獄になるのか……。

「やはり……俺がやるしかねえ！　玄武の人々のためにも、俺があいつを殺してやる！」

また立ち上がろうとする偵徳に、董胡は再び叫んだ。

「無理です！　今の偵徳先生に尊武様は斬れません！　無駄死にするだけです！」

「な……なんだと……」

偵徳は憤ったように董胡を睨《にら》んだ。

「考えてもみて下さい。朱雀の若君は、旺朱《おうしゅ》の率いる大勢の剣使いの巧《うま》い軽業師達すらも一人で蹴散《けち》らして逃げ切った人なのですよ。古傷の痛みに苦しむ偵徳先生が一人で立ち向かっても逆に斬り捨てられるだけです」

「それでも……俺はやる！　俺の存在理由はそれしかないんだ！」

偵徳はしかしまだ諦めない。董胡は仕方なく続けた。

「私は尊武様の使部です！　今、尊武様が斬られてしまったら、側にいた私も責任を問われ死罪になります。それでも斬りますか？」

董胡は毅然《きぜん》と尋ねた。

「…………」

偵徳は目を見開き、無言のまま董胡を見下ろした。

「そ、それはだめだ！　偵徳先生、董胡を危険に巻き込まないでくれ！」

楊庵が代わりに偵徳に懇願した。

偵徳もようやく我に返ったように、すとんと腰を下ろした。

「なんてこった……。お前はあの恐ろしい男の使部をしていたのか？　俺は医師団の一人として連れてこられたのだと思っていた」

偵徳は両手で頭を覆い絶望している。

「そ、そうだよ。俺も医師団の一人だと思っていた。大丈夫なのか、董胡？　そんなやつの使部なんて……」

楊庵は董胡が女であることを知っているだけに、不安を浮かべた。

「うん。大丈夫だよ。尊武様は私の料理に興味があるだけだから。それにどんな人であれ、今回は特使団の団長として皇帝の命をきちんと遂行している。今回の任務は、青龍の人にとっても玄武の人にとっても必要なことなんだ。この特使団の団長である尊武様を斬り捨てることは伍尭國の新たな未来を奪うことになる。どうか、今は見逃して欲しい。この任務を邪魔しないで欲しい。帝《みかど》のためにも」

そうだ。黎司のためにも、今、尊武が斬られるわけにはいかない。

どれほど残酷な危険人物であっても、今は黎司に必要な人なのだ。

それに尊武は……拓生を助けてくれた命の恩人だ。

その恩義は、董胡が思うよりもずっと深く心に刻まれてしまっている。

「俺は帝にだって何の義理も感じちゃいねえ。先帝のせいで俺の親友でもあり恩人でもある仲秋《ちゅうしゅう》が殉死させられた。皇帝になんぞ従う気はない」

「そ、そんなことが……？」

「それで皇帝に恨みを持っているようなことを言ってたのですね」

偵徳の更なる告白に、楊庵と董胡は驚いた。

ようやく偵徳の執拗《しつよう》なまでの帝嫌いの理由が分かった。

「ですが、その殉死制度を今の帝が変えたのです。先帝が行ったことの恨みを今の帝に向けても仕方がありません」

「…………」

　偵徳はしばし黙り込んだ。

「今の帝はこれまでの悪しき制度を変えようと闘っていらっしゃいます。恨みを晴らすというなら、帝と共にこれまでの悪習と闘うことはできませんか？」

　しかし偵徳は首を振った。

「ずっとずっと……復讐のためだけに生きてきたんだ。確かに殉死制度の廃止を知った時は驚いた。今の帝はこれまでと違うのかもしれないとも感じた。しかし、だからといって帝のために尽くす気にまでなれない。俺はもう復讐のためにしか生きられないんだ」

「偵徳先生……」

　偵徳には偵徳の長年培った信念のようなものがあるらしい。

　菫胡の言葉ごときで人の信念を覆すことなどできない。

　それは尊武と話してみて、つくづく思い知らされた。

　いつか、偵徳は尊武に刃《やいば》を向けなければ気が済まないのかもしれない。

　けれど、時間をかければ何かが変わらないだろうか。

　誰かがどこかで偵徳の信念を変えてくれないだろうか。

　今はただ、その僅《わず》かな希望に賭《か》けるしかない。

　ともかく時間が必要だった。

「偵徳先生のお気持ちは分かりました。けれど、今はどうか私を助けて下さい。私のために、どうかこの特使団の団長である尊武様に手を出さないと約束して下さい」

董胡は偵徳に頭を下げた。

楊庵も慌てて隣に並んで頭を下げる。

「俺からもお願いだ。偵徳先生。董胡だけは巻き込まないでくれ。頼む」

二人に頭を下げられて、偵徳は大きなため息をついた。

そして諦めたように告げる。

「分かった。だが復讐を諦めたわけじゃないからな。復讐する相手がはっきり分かったことだし、どう料理するかじっくり考えることにする」

今はそれでよしとしよう。

「分かりました」

董胡はほっと安堵《あんど》の息を吐いた。

「ではとりあえず、古傷の痛み止めに薬湯を煎《せん》じましょう。ここで手に入れた黄連解毒湯は、雲埆寮が出していたものでしょう？　あれはずいぶん粗悪な調合のようです」

一段落して、董胡は薬籠《やくろう》を開いて、偵徳に薬を煎じることにした。

「そうなのか。道理で全然効かないと思った」

簡易の薬研《やげん》を取り出し、薬草を配合する。

やはりすり潰《つぶ》したばかりの薬草と、大量生産された乾燥生薬では効能が違う。

「これで、まずはゆっくりお休みになって下さい」

董胡の煎じた薬湯を飲ませると、偵徳はすぐにすやすやと心地いい寝息をたて始めた。

それを見届け、董胡は楊庵と共に雲埆寮に戻ることにした。


「助かったよ。董胡」

「うん。薬草を置いてきたから、偵徳先生ならご自分で煎じて飲めると思う。眠れば多少は痛みも和らぐと思うよ」

夜道を歩きながら楊庵と話す。

「それにしても、本当にあの恐ろしい男のところに戻るのか？　大丈夫なのか？」

楊庵は董胡が尊武の使部であることが心配で仕方ないらしい。

「このまま逃げるってわけにはいかないのか？」

楊庵には皇帝にも特使団にも忠義の気持ちはない。

ただ董胡さえ無事であればいい。

それならばこのまま二人で逃げる方が手っ取り早いのだろう。

「二人で逃げたりしたら、偵徳先生は必ず尊武様を斬り捨てに行くよ。今の偵徳先生が尊武様に敵《かな》いっこないのは楊庵だって分かるでしょう？」

「それはそうだけど……」

楊庵はそれでもまだ納得できないようだった。

「俺は董胡のことが心配なんだよ。あんな男の側にいて、もし女だとばれたら……」

すでに女だとばれているが、それを言うと余計に心配するだけなので黙っておく。

「大丈夫だよ。尊武様は女だろうとなんだろうと、自分の役に立つかどうかしか興味のない人だから。とりあえず私は料理さえ作っていれば文句は言われない」

「ふん。董胡の料理は美味《うま》いからな。あんなやつに食べさせるのは勿体《もったい》ない」

楊庵はふてくされたように言う。

「たぶんそろそろ私と尊武様は王宮に戻ることになる。戻ったら、また饅頭《まんじゅう》を作って薬庫の万寿のところに届けるよ。もう少しの辛抱だから」

「そうだな。董胡の饅頭が恋しいよ。あーあ、斗宿にいた頃は毎日食べられたのにな」

懐かしそうに言う楊庵に、董胡は思い出したように尋ねた。

「そういえば、卜殷先生の行方については、その後なにも聞いてない?」

二人とも王宮にいて捜しようもないが、なにか噂でも聞いていないかと思った。

尊武の話からしても、卜殷が何か知っていることは間違いない。

卜殷の話を聞けば鼓濤の素性がはっきりして、この先、董胡が進むべき道が見えてくるような気がしていた。

「さあ……。もしも捕まっていたら、宮内局で噂話の一つぐらいになるかもしれないが、今のところは何も聞かないな」

「そうか……。死んだりしてないよね」

「卜殷先生のことだ。きっとどこかで酒ばっかり飲んで元気にしてるさ」

話を聞きたい気持ちもあるが、どこかでちゃんと生きていて欲しい。

「とにかく、まずは俺達が無事に青龍から帰ることだ」

「うん。早く王宮に戻ろう。だから偵徳先生のことを頼んだよ」

「分かった」

いつの間にか、二人は雲埆寮の前に辿《たど》り着いていた。

「ここでいいよ。送ってくれてありがとう」

「おお。俺はいつも近くでお前を守っているから、何かあったら大声で呼べよ」

「うん。ありがとう」

手を振って楊庵と別れた。

楊庵は手を振りながら、元来た道へと帰っていく。

董胡は楊庵が角を曲がったのを見送ってから、雲埆寮の裏口の戸に手をかけた。

しかし、その時。

「！」

董胡の口を何者かが塞《ふさ》いだ。

そのまま羽交い締めにされる。

「……っっ！」

驚いて声を上げようとするが、口を塞がれて声が出ない。

（誰だ！　なぜこんなことを……）

顔を見ようとしたが、木彫りの面のようなものをつけている。

(男二人か？)

屈強な男が二人。

獣の皮のようなものを着ている。

見たことのない服装だった。

(もう一人いる？)

少し離れたところに編み笠《がさ》から薄絹を垂らした女性が立っていた。

女性は董胡に近付き、顔の覆布をよけると、薄絹から目を覗《のぞ》かせてにやりと微笑んだ。

「角髪《みずら》頭で若くて子供のよう……。この医師に間違いない……」

呟《つぶや》くと、二人の男に肯《うなず》いて見せた。

「本当にこんな子供みたいなやつで大丈夫なのか？」

男の一人が不安そうに編み笠の女性に尋ねる。

「玄武の名医だという話です。あの酔っ払いの偽医師よりはましでしょう」

「ふん。酔っぱらいの次は子供か。玄武でもこんな医師しかいないのかよ。……ったく」

(なに？ どういうこと？)

訳が分からないが、ごつごつとした指に必死で噛《か》みつく。

「いっ……！」

男の一人が驚いて少し手を緩めた。その隙に。

「楊庵っ！」

必死に叫んだ声は、すぐにもう一人の男によって塞がれる。

そうして小柄な董胡は薬籠を背負ったまま、抱き抱えられるようにして二人の男に連れ去られた。そのあとを編み笠の女がついていく。

「董胡？」

楊庵は董胡の声を聞いたような気がしてすぐに戻ってきた。

そして何者かに連れ去られていく董胡を遠目に見て青ざめた。

「董胡っ!!」

そのまま慌てて追いかける。

再び、東の大地で大きな波瀾《はらん》が巻き起ころうとしていた。

本書は書き下ろしです。

皇《こう》帝《てい》の薬《やく》膳《ぜん》妃《ひ》

赤椿《あかつばき》と蒼《あお》き地《ち》の波瀾《はらん》

尾道《おのみち》理《り》子《こ》

令和5年 7月25日　初版発行
令和6年 10月30日　5版発行

発行者●山下直久

発行●株式会社KADOKAWA
〒102-8177　東京都千代田区富士見2-13-3
電話　0570-002-301（ナビダイヤル）

角川文庫 23738

印刷所●株式会社KADOKAWA
製本所●株式会社KADOKAWA

表紙画●和田三造

●お問い合わせ
https://www.kadokawa.co.jp/（「お問い合わせ」へお進みください）
※内容によっては、お答えできない場合があります。
※サポートは日本国内のみとさせていただきます。
※Japanese text only

ISBN 978-4-04-113886-1　C0193

◆◇◇

角川文庫発刊に際して

角川源義

第二次世界大戦の敗北は、軍事力の敗北であった以上に、私たちの若い文化力の敗退であった。私たちの文化が戦争に対して如何に無力であり、単なるあだ花に過ぎなかったかを、私たちは身を以て体験し痛感した。西洋近代文化の摂取にとって、明治以後八十年の歳月は決して短かすぎたとは言えない。にもかかわらず、近代文化の伝統を確立し、自由な批判と柔軟な良識に富む文化層として自らを形成することに私たちは失敗して来た。そしてこれは、各層への文化の普及滲透を任務とする出版人の責任でもあった。

一九四五年以来、私たちは再び振出しに戻り、第一歩から踏み出すことを余儀なくされた。これは大きな不幸ではあるが、反面、これまでの混沌・未熟・歪曲の中にあった我が国の文化に秩序と確たる基礎を齎らすためには絶好の機会でもある。角川書店は、このような祖国の文化的危機にあたり、微力をも顧みず再建の礎石たるべき抱負と決意とをもって出発したが、ここに創立以来の念願を果すべく角川文庫を発刊する。これまで刊行されたあらゆる全集叢書文庫類の長所と短所とを検討し、古今東西の不朽の典籍を、良心的編集のもとに、廉価に、そして書架にふさわしい美本として、多くのひとびとに提供しようとする。しかし私たちは徒らに百科全書的な知識のジレッタントを作ることを目的とせず、あくまで祖国の文化に秩序と再建への道を示し、この文庫を角川書店の栄ある事業として、今後永久に継続発展せしめ、学芸と教養との殿堂として大成せんことを期したい。多くの読書子の愛情ある忠言と支持とによって、この希望と抱負とを完遂せしめられんことを願う。

一九四九年五月三日

皇帝の薬膳妃

紅き棗《なつめ》と再会の約束

尾道理子

〈妃《きさき》と医官〉の一人二役ファンタジー！

伍尭國《ごぎょうこく》の北の都、玄武《げんぶ》に暮らす少女・董胡《とうこ》は、幼い頃に会った謎の麗人「レイシ」の専属薬膳師になる夢を抱き、男子と偽って医術を学んでいた。しかし突然呼ばれた領主邸で、自身が行方知れずだった領主の娘であると告げられ、姫として皇帝への輿入れを命じられる。なす術《すべ》なく王宮へ入った董胡は、皇帝に嫌われようと振る舞うが、医官に変装して拵《こしら》えた薬膳饅頭が皇帝のお気に入りとなり――。妃と医官、秘密の二重生活が始まる！

角川文庫のキャラクター文芸

ISBN 978-4-04-111777-4